a.s.a.
associação dos solitários anônimos

Rosário Fusco

a.s.a.
associação dos solitários anônimos

romance

Posfácio Fábio Lucas

Ateliê Editorial

Copyright © 2003 Rosário Fusco

Direitos reservados e protegidos pela lei 9.610 de 19.2.1998.
É proibida a reprodução total ou parcial sem autorização,
por escrito, da editora

ISBN: 85-7480-132-1

Editor
Plinio Martins Filho

Projeto Editorial
Marcelino Freire

Projeto Gráfico & Editoração
Silvana Zandomeni

Capa
Eduardo Foresti

Fotógrafo da Capa
Alexandre Ermel

Todos os direitos reservados à
Ateliê Editorial
R. Manoel Pereira Leite, 15
06709-280 - Granja Viana, Cotia, SP
Telefax 11 4612-9666
www.atelie.com.br
atelie_editorial@uol.com.br

2003
Impresso no Brasil • Printed in Brazil
Foi feito depósito legal

*Um último aviso, filho meu:
Fazer livros é um trabalho sem fim.*

ECLESIASTES, 12, 12

*Assim como o sobrenatural é o reverso do natural,
o supra-real é o outro lado do real, o por-detrás.
Eis por que tudo o que existe, sendo natural, é real.
Mas nem todo o real é existente.*

Uma casa de baile não incluída nos guias turísticos

De supetão, a vasta sala de pasto foi assaltada por sucessivas levas de feridos, impropérios, choros e blasfêmias. Misteriosa solidariedade passou a amalgamar aqueles pobres seres (cabeças apoiadas em ombros, braços carregando corpos) mascarados de sangue. Até havia pouco, durante o trajeto que vinham cumprindo juntos, raros trocaram palavras ou olhares. Ninguém se conhecia, e a atmosfera do ônibus desabalado na noite pegando fogo (quarenta de calor) não convidava aos contatos, espontâneos ou procurados, mas à incoercível modorra. Os poucos acordados bocejavam, olhos semiabertos: fumavam, tossiam, sacavam o casaco molemente, desapertavam o colarinho, cuspiam, abriam ou fechavam as janelas, nos trechos em que nuvens de pó e fumaça de descarga de outros veículos passantes ameaçavam sufocá-los. Uma insistente música nevrálgica enquadrava os roncos do motor e os grilos do carro. O chofer tirava o boné, calçava o boné, enxugava o suor do rosto com a fralda da camisa empapada e expedia palavrões: toda vez que um colega mais apressado lhe enchia a paciência de provocantes fechadas. Mas, no velho estilo estradeiro, não parava para brigar: corria. Corria mais e mais, para ultrapassar quem o ultrapassara de raspão.

O que aconteceu, por que aconteceu, ninguém sabia ou soube: pelo menos até ontem. Uns depuseram que o chofer cochilava: mentira.

Como se tratasse de simples relé de beira de estrada, desprevenidos de tudo, durante horas e horas ficaram, entre lamentações e gemidos, à espera do primeiro coletivo do horário noturno. O estalajadeiro, à falta de pelo menos uma bicicleta, pensou no cavalo para procurar socorro médico e comunicar a ocorrência à polícia, no povoado mais próximo (trinta quilômetros) ou, no posto de gasolina, trocar as pedaladas pela voz. Refletindo melhor, desistiu das duas providências: antes que chegasse ao lugarejo vizinho, muito cristão já podia estar morto e o telefone da garagem devia estar enguiçado como sempre. Lembrou-se disso porque, ainda na manhã desse domingo, tentando comunicar-se com a mulher, em férias com a filha num hotel-fazenda do Distrito, não pôde fazê-lo.

Vizinhos? Os vizinhos moravam em grotões de difícil acesso: em geral indigentes meeiros de lavoura que, nada possuindo de seu, nada poderiam dar: nem o sono da noite, seu alimento e consolo, transformado em ajuda moral e física.

Mais: quem tomaria conta da casa se a cozinheira mal dava conta da coagem do café e do preparo de sanduíches, àquela altura e hora sem a menor estocagem? O único garçom se fora pela tarde, de cabeça rachada numa briga de futebol.

Repisando tais coisas, decidiu-se a agir sob o comando do elementar bom senso: que os menos contundidos o ajudassem na enfermagem dos demais, até que um itinerante motorizado, ou mesmo algum pedestre, pudesse, com boa vontade e a ajuda de Deus, tirá-los da alucinante situação.

Convocou os mais corajosos à natureza da tarefa. Municiou-os de garrafas, panelas e chaleiras com água, toalhas de mesa, guardanapos, restos de lençol, e pô-los, todos, a dar duro na missão samaritana. Uma mulher, entre as muitas tombadas no soalho, recusou-se à caridosa ajuda: preferia morrer. Estava grávida de um filho que não era do marido e viajava, justamente, ao encontro do amante, tendo pretextado ao esposo uma visita à mãe, pra quem ia levando malas de presentes. Quando a mulher disse "malas", parece que todos se lembraram das respectivas bagagens. Assim, os que ainda podiam capengar, depressa esquecidos das tarefas respectivas, precipitaram-se pelo caminho na procura e identificação de seus pertences: caixas, embrulhos, cestas e sacolas. A tamanha movimentação, uma anciã apenas ferida na fronte (vizinha de chão da quase suicida pelo amor... ou vergonha, porque é bom, no caso, não confundir os dois sentimentos), aos berros facilmente audíveis (pois que a população da sala diminuíra e, com ela, o confuso corre-corre sobre os corpos estendidos por ali), propôs que se cantasse uma cantiga de igreja. Pra "distrair os sofredores" e dar força às almas atormentadas por alguma atribulação próxima ou parecida com a da coitada, que está pagando a traição muito antes de tê-la completado. Porque, aduzia, do adulterino, ela poderia e poderá livrar-se, não da consciência adúltera... e até o Dia do Juízo. Dando o exemplo e partida, começou a entoar o aleluia-aleluia, que os ignorantes do hino solfejavam ou rosnavam desafinadamente. A verdade é que o canto passou a substituir os gemidos nas bocas ressecadas. Dir-se-ia que estranha e balsâmica neblina envolveu a todos: uma espécie de trégua propícia ao balanço das culpas que precede os verdadeiros atos de contrição. O dono, visivelmente comovido, interrompeu o silêncio para, de sua vez, gritar de mãos postas, olhos pra cima:

– Senhor, assim como vigio este campo de lágrimas, também tome conta de minha mulher e filha, por favor: do corpo e da alma delas. Não agüento isso,

Senhor, está sabendo e vendo que não agüento – e desandou a vomitar.

Um sujeito, mais de porre do que de estropício, achou que, em nome dos demais, deveria solidarizar-se com o pobre. Ergueu-se com dificuldade, derreou as mãos na cabeça do homem (alto e pesado, quase o derrubou) e disse:

– Deus já viu sua gente, já viu tudo. Até o acontecido ele viu antes. Fique em paz, porque os limpos sempre têm paz. A não ser que se trate de um sujo, que eu esteja falando a um sujo.

E caiu. Caindo, chegou a vez do outro retribuir lhe o estímulo, jogando-lhe litros d'água na cara, num só jato gelado.

Trazidos pelos espíritos do vento, ruídos de motor e festivas buzinadas de quem está chegando.

Houve quem sorrisse. Mas também, houve quem começasse a gemer de novo: redobrado e lancinantemente.

Durante a madrugada, viveram a expectativa do que não veio. Ou se vinha vindo, mudou de rota na primeira curva.

Dois ou três rapazes, até aqui imobilizados pela dor, chegaram a sair pela estrada afora para recepcionar o ambicionado socorro-fantasma. Foi quando deram com os salva-malas decepcionados e de mãos vazias: localizaram o ônibus reduzido a cinzas e ferros retorcidos. "Saqueado e, depois, incendiado?" A pergunta envenenou o ar, entupindo de suposições alternadas os ouvidos gerais, no momento surdos às gemeções acrescidas ou diminuídas na escala das amenizantes notícias (inventadas) que o patrão ia comunicando, tal qual um experiente rádio-repórter de calamidades.

Afinal, ao raiar do dia, uma carreta leiteira passou. Retornaram ao local do desastre, onde encontraram, à margem do caminho, o corpo que seria do chofer.

Nesse momento, a idéia explodiu na bossa religiosa da cabeça do proprietário da pousada, já disposto a acabar com a indústria de comida e dedicar-se ao comércio do céu: "feito Beltrano".

De tudo, apurou-se que, além do motorista, liquidado misteriosamente com uma perfuração na nuca, mais cinco pessoas estavam em carência da extrema-unção que o pobre não esperou receber. Vieram padre, delegado, padiolas, enfermeiros, médico e remédios de urgência.

Com o dia subindo, o tráfego na estrada passou a ser um desfile de caminhões de legumes e de marafonas em férias, acenando com lenços para o compacto mundo que, à porta do estabelecimento, afugentava possíveis clientes para, em lugar deles, atrair moscas especializadas em sangue coalhado.

Aos viajantes, o que viam de longe só podia ser uma festa: uma coletiva ressaca de segunda-feira, à frente de uma casa de baile não incluída nos guias turísticos.

Tem champanha aí, da velha e contrabandeada?

Fechados a loja comercial de um e o consultório médico do outro, Fulano e Beltrano chegaram ao ponto marcado em cima da hora antes aprazada, já de longe conferindo, sorridentes, os respectivos relógios: apesar do (ou por isso) imprevisto temporal que afogou a cidade. O fato é que ambos, interessados como estavam no polimento das arestas que sobraram da última discussão a respeito do *assunto*, coincidentemente encerraram os expedientes mais cedo, evitando, assim, a justificável (mas inexplicável) possibilidade de desencontro.

Impossível conseguir vagas no bar atulhado de gente. Mixaram os hiatos de área disponível com os encharcados excedentes de ocasião que, a espremer-se entre as mesas, formavam filas para entrar no mictório ou se esfregavam no mármore do balcão, disputando garrafas disso ou copos daquilo. O alemão servia atabalhoadamente, sem ver as caras dos donos das mãos solicitantes... recolhendo, na doida, o pouco de dinheiro que ia recebendo e metia na gaveta, arbitrando o preço e troco a seu gosto e modo. Isso, supõe-se, para diminuir o esperado, inevitável prejuízo: uma vez que os pacientes desistiam do pedido e a manada dos vigaristas, aproveitando a confusão, além de nem coçar o bolso, saía atropelando os que estorvavam a passagem estreita na direção da rua. Foi quando o chefe dos garçons, a um sinal do proprietário decidiu, na marra, arriar as quatro portas do salão, auxiliado por um corpulento biriba que caiu do forro para cobrar de todos, indiscriminadamente, o bebido ou não, inda enxotando os que se negavam ao pagamento ou protestavam com uivados palavrões contra a falta de hospitalidade do Boche, nazista filho da puta. Alguns dos antigos clientes que se anteciparam à chuvada, estimulados pelo álcool, deixaram seus cuidados para ajudar a segunda cobrança (puro puxa-saquismo) prevenidamente contra um talão desses em que se anotam as despesas individuais. Nessa altura, o vale-tudo coletivo começou com garrafas, copos e pratos, quebrando os vidros das prateleiras e os espelhos das paredes, enquanto o germano fechava-se na privada e os caixeiros (dez ou doze) abrigavam-se sob as mesas, que, desocupadas de repente, à eclosão da bagunça, deram de boiar feito pranchas à deriva, no acidentado remoinho de cabeças fendidas ou em vias disso.

Alguém, um dos anônimos beneficiários do fortuito abrigo ou, talvez, o inquilino do primeiro andar que detestava o senhorio, chamou a polícia, que não poderia adivinhar – como nenhum transeunte, aliás – o que estaria, estava, ou havia passado na cervejaria. Com a ruidosa chegada dos uniformes da rádio-patrulha (quase uma frota de carros) dando tiros pra cima e logo arrietando uma das portas, que acabou cedendo, a tormenta serenou. O alemão, esfregando as mãos de contente, mandou abrir garrafas para os atletas que discretamente as recusaram, subrogando a sede pelo apetite de jejunos, posto que devoraram bem uma centena de sanduíches de presunto e queijo. O dono já estava querendo arrepender-se da generosidade: mas o cochicho do comandante da patrulha fez resplandecer novo sorriso na cara larga e vermelha. Então, todos os consumidores, pelo sim, pelo não, foram convocados à terceira coleta. Mas o monte apurado em cédulas e níqueis, para surpresa do negociante foi, ali mesmo, dividido entre os policiais, logo após a expulsão dos intrusos, repagadores ou filantes.

Fulano e Beltrano, que não arredaram pé durante a batalha, apenas tiveram que furar uma ou outra onda de socos extraviados e agachar-se aos vôos cegos de louçaria que ia se espatifar adiante. Sentaram-se, afinal. As portas foram suspensas e, agora, são os amigos da casa que chegam cumprimentando o patrão, que corre às mesas para relatar o acontecido, rindo-se de sacudir as enxudiosas maminhas e barriga. Nova pancada de chuva grossa caiu, mas o salão cheio outra vez (com dez por cento acrescido, *por engano de cálculo* em cada adição) ressarciria o dono dos prejuízos da desordem e do ônus do restabelecimento das ordens pública e privada. A seu pedido, dois tiras, armados de metralhadoras portáteis, rondariam o estabelecimento até a hora de fechar: quer dizer, enquanto os retardatários bebedores continuassem reclamando comes ligeiros e bebes paulatinos. Amanhã seria outro dia (vociferou em alemão o provérbio universal) e ninguém voltaria ao incidente, mesmo os focas do noticiário policial, quase todos devedores de pilhas e mais pilhas de cartões de chope que se vinham acumulando para a tradicional anistia de fim de ano.

Beltrano pediu água mineral e, Fulano, um boque de limonada. Das sete e meia às duas da madrugada, não beberam outra coisa, para o silencioso espanto de quem os servia, antigo e preferido atendente dos dois.

Puxaram papéis, que trocaram para conferência, releitura, confronto e anotações, de lado a lado. Gesticularam, bocejaram, mastigaram tira-gostos, duas ou três vezes coçaram, de leve, o tampo de mesa e, outras tantas, ficaram calados, cabeça entre as mãos: olhos de um no focinho do outro. Depois, reuniram os documentos num só maço que Beltrano, com a aquiescência muda de Fulano, deveria guardar, como guardou. Precisariam esmiuçar, melhor e mais, o problema da identidade dos futuros correligionários, até ali o mais controvertido dos itens revisados com minúcias de laboratologista, ao fogo brando de internacionais misturas de toda a espécie de bebidas, predominando, entre elas, a sagrada cachaça: caloria e toque da inspiração comum. A convencionada sobriedade da noite, no entanto, pouco adiantou, já que regrediam à estaca zero, após seis sessões anteriores de trabalho muito mais produtivo: pelo acabado de verificar, em virtuoso estado de inútil renúncia aos cálices e copos de líquidos coloridos.

 Saíram ao ruído das portas baixadas ao meio (primeiro sinal de que o corpanzil do patrão pedia cama), embora vários clientes ainda continuassem na mais eufórica das atmosferas de arrotos, maus odores e baforadas de charutos: a jogar bozó ou partidas de damas, instituições da casa de que todos participavam, patrão e empregados, nos compridos serões normais das jornadas de trancas nas portas. Portas que só se abriam, em tais ocasiões, ao assoviado sinal estabelecido de cada uma das queridas parceiras dos privilegiados notívagos: pois que as moças, todas, atendiam aos aprendizes do sexo nas pensões da zona vizinha.

 No primeiro ponto de ônibus, cujo trajeto consumiram em silêncio, despediram-se com desencontrados pensamentos. Cessada a chuva, o céu era um desperdício de estrelas faiscando. Uma sensação de inédita liberdade agarrou Fulano (nunca, num convívio de vinte anos, chegara depois de meia-noite sem avisar à mulher), que marchava lentamente na neblina. Sentia-se mais preso ao compromisso para o dia seguinte, à mesma hora e no mesmo lugar, do que ao desintoxicante copo de leite que a esposa diligentemente guardava numa determinada prateleira do refrigerador que nada gelava.

Continuou andando, andando, vazio de preocupações e intenções, até dar-se conta de que morava a três quadras adiante. Seriam quase – "já?" – três e quarenta e cinco da manhã. Caminhões de feira passavam. Bandos de banhistas enchiam a rua de risos e estridentes matracadas de tamanco. Deixou passar o ônibus: para que ônibus? Parou: um peso estranho não lhe permitia dar um passo mais... mesmo não tendo bebido? Consultou-se: que estava acontecendo? A seu ver, nada. Mas algo, dentro dele, o impelia a repetir o que o fechamento de importante negócio uma ou outra vez o obrigava a fazer, levado pelo cliente generoso e ignorante dos mistérios da capital: a ronda do Mercado. No qual a fieira de quiosques à beira-mar vive aguardando os que não têm para onde ir ou, se têm, preferem ser levados pro inferno... a *ir*.

Ora: o relógio trabalhava feito juros de agiota e a condução que surgiu na esquina trazia, em letras vermelhas, o itinerário que, inconscientemente, acariciava: *Cais do porto*. Por que não ir ao Mercado comer qualquer coisa diferente, convidar a mulher a fazer-lhe companhia para, em resumo, despedir-se agora definitivamente, e com a conivência e o testemunho dela, da inútil boêmia que vinha vivendo há quarenta anos, por sua exclusiva fragilidade e culpa... mas sem saber por quê?

"Telefono: não telefono". Telefonou. Depois de muita espera, a voz arrastada, doméstica, não disse mais do que isto:

– Somente agora? Não se preocupe comigo. Estou muito bem acompanhada.

"De Deus, só pode ser de Deus".

Assim, não se abismou com o desligamento do aparelho nem com a inédita doçura da voz: deu de ombros. E, dando de ombros, decidiu na base do certa vez ouvido da boca conjugal: "faça tudo o que tiver vontade. Fora de casa é solteiro e eu, só em casa, sempre sou sua viúva".

Estacou numa barraca acesa a carbureto. Na praia, a poucos metros, saveiros, chatas e lanchas, iluminados a vela, preparavam-se para a procissão que deveria culminar com excelente pesca de camarões, porquanto o verão apontava e a maré prometia: exportação certa, preço firme, lucro compensador. Correu os freges, um a um. De volta ao primeiro, já conhecido, encontrou pescadores comendo, industrializado, o que acabavam de vender: siris (frigideiras de), muquecas (de badejo), mexilhões (com farofa de dendê e arroz branco). Puxou conversa e conversou com todos. Por fim, interessou-se por uma mulata de prendas adolescentes e, transfigurado noutro homem, convidou-a a dormir com ele: sem rodeios. Ela aceitou: morava perto. Antes, porém, precisava despedir-se do gerente do seu corpo e alma, que capitaneava a frota dos caçadores de lagosta, prestes a partir. Chamou o tipo que bebia ao lado, havia muito atento à conversa dos dois:

– Vou dar um bordejo por aí com esse senhor.

O velho afastou-se pra melhor checar Fulano: cara, roupa e jeito. Depois, pra surpresa do casal, estendeu a mão ao desconhecido, e saiu na direção da praia, mamando seu cachimbo.

Fulano socou a mesa, encarando o taberneiro como se o fosse agredir:

– Tem champanha aí, da velha e contrabandeada?

Inutilmente

A champanha se destinaria à comemoração de algo importante, uma vez que, ao deixar a birosca, ambos já estavam suficientemente servidos dos inumeráveis martelos de parati que beberam: logo, o álcool não era mais necessidade para os dois.

Raspando-se pelas paredes lodosas do beco mal cheiroso, afinal chegaram ao esqueleto do antigamente vistoso sobrado de três andares: com as roupas respingadas de barro das poças dágua, olhos congestionados e fala vacilante. A moça gastou minutos para encontrar a chave, que procurava no colo e na cintura, com apalpadelas que Fulano repetia, metendo-lhe a mão no seio ou fazendo correr o fecho traseiro da saia. Afinal descobriu-se o procurado, dentro do sapato, entre a palmilha e o pé: precaução de quem nunca sabe onde a noite começada pode acabar.

Ao lado, num morreiro terreno baldio, homens e mulheres semi-vestidos ferviam mariscos em latas que teriam sido de querosene. Alimentando o fogo da improvisada trempe de restos de uma treliça de portão, meninos e meninas vinham com amarfanhados papéis de latrina e gravetos catados nos monturos. Na miserável lida, os adultos cantavam vestustas cantigas estropiadas (as crianças acompanhando em coro), improvisando rimas e distorcendo a música, que transformavam numa coisa monótona de difícil identificação, mas mnemônica sacanagem: rimando *Raimunda* com *bunda*, *cona* com *dona*, *Maroca* com *piroca* e lá vai.

Porrado, Fulano empacou, comovido ao empolgante espetáculo: tanto que ao visto e ouvido deu de atirar níqueis aos garotos e presentear os adultos com notas de valor, ao mesmo tempo em que distribuía cartões de sua casa comercial, onde (insistia) esperava atendê-los a todos (tomava nota do nome de cada) no próximo Natal, para presenteá-los com trajes de missa e acessórios.

Foi penosamente que a moça – acaso menos embriagada ou ainda não completamente embriagada – conseguiu convencê-lo a enfrentar os dezessete apodrecidos degraus da escada do primeiro pavimento. Falseando aqui e ali, apoiando-se na jovem e na parede, Fulano atingiu o corredor ladeado de quartos: cinco à esquerda, cinco à direita. No fundo, ficava a privada comum. Banho, só de bacia: a moça ia explicando. Água quente, só natural, isto é, quando nos dias de sol intenso o reservatório, apêndice do teto, por obra dos anjos atingia o grau de tepidez.

Entraram num dos primeiros cômodos e, caindo na cama desarrumada, Fulano pediu "penico urgente, por favor". Veio um balde, já pela metade cheio de densa e trescalante urina dormida, no qual vomitou pra valer. Sobrepondo-se ao mal-estar do desconhecido, a quem se achou no dever de socorrer, a jovem logo retomava a sobriedade. Tanto que teve cabeça para pedir ao vizinho um pouco de bicarbonato com tintura de genciana e postou-se à beira da enxerga, como marcial enfermeira de ofício. A claridade se insinuava pela janela aberta, iluminando a facha de Fulano, que, pança para cima, roncava com assobios. Pacientemente, virou o companheiro, livrou-se do vestido para enrolar-se numa espécie de roupão de remendados restos de toalha, e foi-se com a bacia (menor do que gamela de cozinha) a ver se havia água na torneira (a única existente no andar) da pia da latrina. De volta, orvalhada como os primeiros jambos de Maio, encontrou Fulano à janela, sem paletó, fumando um cigarro que tirara do maço esquecido pelo cumpincha da rapariga: seria a quarta ou quinta vez que fumava na vida. Agradeceu à jovem por tê-lo mudado de posição, mas a verdade é que, naquele momento, fingia rosnar e, embora zonzo, não dormira nem dormia.

A moça remexeu na pilha de caixas de moambas (perfumes falsificados, roupas feitas e quinquilharias) do seu comércio, de uma delas tirando fronhas e lençóis. Mudou a roupa do seu catre, deitou-se e, sob o lençol, despiu o chambre que empurrou pra baixo da chocadeira. Absorto, mãos no queixo, não se dava conta dos movimentos da parceira, embevecido com o tráfego amanhecente do mar – agora em maré montante – atento às descargas das pranchas que chegavam, apinhadas de sardinhas, toneladas de sardinhas.

Bateram à porta. Como se fosse o locatário do cômodo (ou sem se dar conta de que não o era), abriu sem cerimônia: era o rapaz do boteco trazendo a champanha, meia barra de gelo e desculpas pelo atraso.

– Sábado, como o senhor viu, é dia em que o movimento não pára.

Pagou, gratificou o portador, descansou a encomenda no chão. Só aí reparou no que era de ser notado havia mais tempo: a moça só se cobria de escasso molambo, que ela ia encurtando cada vez mais, a pretexto de acomodar-se no calombado colchão de crina, coçar-se ou afugentar moscas inexistentes, pelo menos àquela hora de amena aragem e nenhuma maresia. A ingênua provocação – de que Fulano expressamente não tomava conhecimento – chegou ao máximo quando, sacudindo a coberta, ela pôs completamente à mostra suas graciosas partes e futuroso sólido capital. Debruçada, cabeça metida nos braços trançados, os seios rijos apoiando o torso imaculadamente liso, respiração ofegante como a do asmático, nádegas e coxas dela ondeavam contrações que não podiam ser ensaiadas: se a pele, arrepiada e tesa, minava convincente suor de carne em febre: febre ou transe.

Sem a menor bulha e com a máxima cautela, passou documentos e carteira do bolso interno do paletó para o bolso da camisa, esfregou o lenço na calça de nódoas de lama quase secas e, sem dizer palavra (embora a sentisse acordada), pisando na ponta dos pés, puxou a porta atrás do calcanhar.

Depois que os ruídos dos passos cessaram nos degraus e o trinco da entrada da rua bateu, a moça ergueu-se num pulo e, pelas frestas da veneziana em pandarecos, ficou espreitando o caminho do homem, até que ele dobrou a primeira esquina. Arranjou o quarto mal-e-mal, pendurou o roupão molhado na corda da janela, a fim de impedir a entrada do sol (que já vinha ameaçando desvendar os segredos de todas as insônias), fechou a meia bandeira do peitoril, coincidente com a cabeceira da enxerga, calçou a porta do cômodo com um tamborete e redeitou-se: olhos semicerrados na direção do forro, a mão esquerda no seio direito e a direita na junção das virilhas.

Retornou à bodega preferida, que já encontrou renovada de clientes, apesar de o dia nem ter começado. Um conjunto de extraviados seresteiros animava, a troco de estimulantes goles e agrados de boca, a coquetelada freguesia de grã-finos com vagabundos, mendigos e criminosos de todos os crimes, mulheres da vida alta e mulhers da baixa vida, madames putas e anônimas putas madames, choferes e rufiões. Emergentes pessoas ansiosas, cada qual a seu modo, por alijar as incômodas personalidades que fazem sair o nome nas seções especializadas dos jornais, e que, por caminhos tão diversos, raramente chegam à perseguida experiência da cópula total, animal: seiva da vida e sal da terra: vírus de enfermidades, fábrica de títulos protestados, concursos de misses e roteiro de enfartos. Carne e cova: mas é claro que a danação da primeira é privilégio dos santos, restando o consolo da segunda para os pobres, desarvorados herdeiros de Caim.

Sentia-se tão feliz, no meio da desinibida sociedade, que resolveu rebater o bebido, há horas, com dupla dose do ingerido e expelido, apenas cuidando-se para não misturar "fermentados com destilados": sua receita, regra e superstição. Sentou-se a uma das mesas externas, ao ar livre, eventualmente desocupada e despercebida, na qual, sem pedir licença, logo veio um embarcadiço tomar lugar. O estrangeiro começou misterioso, soturno e cúmplice:

– Cinco quilates de topázio sintético. Cinco "cigarros". Três prises de pó. Dois baralhos de nus escolhidos. Um anel de Vênus para todas as grossuras. Meia dúzia de lenços japoneses, com as quarenta e oito posições da noite perfeita, mais um folheto explicativo: quinze dólares. Como brinde, um massageador fálico transistorizado.

 Comprou o lote para livrar-se do mascate e, imediatamente, convidou três fêmeas, que pararam por ali, a beber com ele: com a calculada delicadeza, pensava ter adquirido a segurança de novo porre em paz, até que se sentisse ao ponto para o serviço que o aguardava. Tolice: porque o corretor de uma das "inocentes", surpreendendo-a em companhia do cara extra, além de arrancá-la da cadeira a pontapés, distribuiu a excedente agressividade com as demais. Assim, as outras também tiveram que suportar o ônus da solidariedade ao próximo desconhecido que, em vão, canhestramente pretenderam defender.

 Não tendo ninguém interferido na arruaça, que começou e acabou como se nada houvesse acontecido, deslizou-se devagar, mais desapontado por dentro do que magoado por fora, levando para o quarto apenas dois ou três galos na testa, facilmente reduzíveis com compressas de gelo e fricções de pente.

 Na igreja próxima o sino repicava, convocando os fiéis ao primeiro culto dominical das seis. Associando o despertador bimbalhar que ouvia aos tantas vezes ouvidos à mesma hora do café doméstico, em companhia da mulher, pensou nela. Pensou nela como se pensa numa pessoa distante, de quem não se tem notícias e cuja imagem nos chega esmaecida, aos farrapos que a lembrança tenta cerzir: inutilmente.

Traçada com cinzano

Quando o garçom veio lhe dizer que, ainda escuro, antes da carga e descarga do pescado, alguém o procurara pelo telefone, Fulano tremeu. Primeiro, pensou na mulher, depois no gerente da loja, e, por fim, em Beltrano: nessa ordem de sucessão. Mas como isso seria possível, se os três comediantes lhe ignoravam o paradeiro e, por ali, ninguém o conhecia pelo nome, nem mesmo a moça por quem se embeiçou e a quem garantiu chamar-se Basilisco, palavra que lhe ocorreu sem quê nem porquê?

– Pois a voz o identificou justamente como o acompanhante da filha do Mudo, acrescentando para não deixar dúvidas: capitão-pescador de lagosta.

Repousando-se, porém, no mentalmente mais do que digerido, acabou por tranquilizar-se: assim como, de fato, a jovem saíra com ele no amanhecer de domingo, poderia ter saído com outro, outros, com ou sem propósito, no decorrer da noite de sábado. Além de que uma cópula de "desafogo" mecânica e animal por mais que dure, sempre dispensa os morosos preparativos das "coberturas" de namorados. Mesmo que o interessado investigador especificasse – o "último cliente da moça" – descrevendo-lhe a roupa e o tipo, ainda assim não poderia enganar-se? Ou o sujeito manteria um secreto preposto, especialmente para vigiar o fortuito freguês da birosca, ali parado por minutos de física e mental gratuidade?

O fato é que, após três jornadas consecutivas – resto de sábado, parte de domingo, fiapos de segunda-feira e a atual manhã de terça – tinha absoluta certeza (e não apenas instintiva desconfiança) de que um Louro, de longos cabelos bem cuidados, cara de fêmea e desafiante ar senhoril, queria algo misterioso: dele ou com ele. Só lunático não percebe que está sendo notado: "mas notado não quer dizer perseguido".

Balanceava os acontecimentos: sábado, de madrugada, aportou no Mercado onde, *por força das circunstâncias*, foi ficando, ficando. Domingo – porque domingo – não pôde fazer o que decidira, e fez na segunda: mandar comprar mudas de roupa, telefonar ao gerente da Loja e a Beltrano dando conta de sua imprevista e inadiável viagem de negócios, embora (e isso o imbecil adiantou, a modo de quem graceja) com "características de fuga". Que o gerente seguisse a rotina e que Beltrano, por favor e caridade, domasse os nervos da madame.

Até aí, que de menos lícito cometera, capaz de torná-lo suspeito ao faro de quem quer que fosse, a não ser a pródiga distribuição do dinheiro que tinha no bolso, e era seu?

Pois nesta clara, arejada e tranqüila manhã de terça, já que o Mercado só se enchia pela madrugada (afluência de feirantes) e à noite (afluência dos comensais comuns e esticadores de outras plagas), não fazia mais do que aproveitar o público refúgio do que havia, na cidade ou no globo, de maior refrigério para um corpo e alma em vacância.

Eis porque, antecipando-se à Sicrana (com quem combinara ir de lancha buscar o sol no fundo da baía), cedo Fulano já tomava, sob as bênçãos do Senhor, a sua preferida mistura: absolutamente vazio de preocupações, inclusive a gerada, mas devagar desfeita, pelo telefonema sem nexo. Tanto que gastava um século para levar o copo à boca: embebido no mar, bebendo o mar... de repente copiando o céu de um vertiginoso azul: especial para místicos, invertidos em pane, astronautas e suicidas virtuais em olor de santidade ou de álcool, álcoois, alcalóides.

Ao regressar inopinadamente do comprido devaneio – feito um médium que passa do transe à consciência do tempo e do espaço – só aí viu que tinha inédita visita e companhia à mesa.

Mansa e delicadamente, o estranho se justificava pela intimidade, aumentando o pasmo de Fulano:

– Cheguei. Cumprimentei. Pedi licença para me sentar... só o fazendo com o seu consentimento, que o garçom aí pode testemunhar. Ele é que me trouxe aqui, pra me ajudar a fazer o quê, afinal de contas, já fiz e está feito.

Sem mentir, exagerava:

– É um prazer, enorme prazer. Disposto a ouvi-lo, se for o caso, ou a responder ao que me for perguntado, se de seu gosto.

– Obrigado: e creia que as duas coisas me agradam bastante.

Mal acabando de ouvir isso da boca do Louro, a esperada chegava de vestido novo, novo penteado e melhor cabelo (peruca), mais indiscretamente cheirosa do que um tampão de sufocante essência metido nas narinas de um vivente.

Dirigiu-se ao rapaz com a maior desenvoltura, recebendo, em reciprocidade, o mesmo íntimo "olá". Ao que Fulano formalizou-se, pigarreando e pondo-se de pé. Que os dois ficassem à vontade. Tinha entrevista marcada, precisava ir-se (consultou o relógio). Virou as costas e danou-se, passo apertado. Apalermada, sem entender isto daquilo, Sicrana saiu correndo no trote dele, deixando o Louro a ver alvarengas e navios.

Num absurdo e brutal requinte de ciúme (por ciúme?) Fulano inda virou-se para premiá-la com volumoso *vá à puta que a pariu.*

Sicrana voltou ao bar e à mesa do camarada, que acabava de mandar o resto das garrafas que o velho deixou.

Cada qual entregue aos seus pensamentos, enquanto um fumava (egípcios de luxo, ponta dourada) cigarro sobre cigarro, a outra roía as unhas, coçava o pescoço e arrastava os pés no piso de cimento cru. Ao cabo de três minutos, se tanto, não resistiu:

– Bermuda: pra começar, me castigue aí dois martelos de brasa viva, traçada com cinzano.

Dispensando adubos e (mesmo) regas

O Mudo comprou Sicrana (era uma Sexta-Feira da Paixão) de um ex-piloto da marinha mercante (demitido a bem do serviço público) que apareceu no cais dizendo ter-se enviuvado na véspera e, por isso, barganhava a filha por um transporte de terceira em qualquer barco que tocasse o Norte, depois do paralelo tal: precisou, na mímica que o outro pareceu entender pelo balanço da cabeça e grunhidos. Tanto que, acenando ao companheiro que o interpretava melhor, propôs-lhe uma coleta entre os estivadores (na maioria, nordestinos também) para somar duas passagens de uma vez. Não houve quem se negasse à contribuição, mas houve o pior: a menina não queria ir, gritando que só embarcaria morta, transformada em bife. Teria passado uns nove anos de fome, ossos à mostra, piolhos, placas gomosas de sífilis, feiúra e revolta. Agora, ao começar a encorpar-se precocemente, alardeava certo desembaraço de mulher feita. Mais tarde, para justificar-se ou o que fosse, ela mesma contaria que o pai, desempregado havia anos, forçava-a, a poder de porradas, a esmolar pelas ruas a garrafa nossa de cada dia, enquanto a mãe purgava todas as dores do mundo num catre da Santa Casa de Misericórdia.

Concluída a operação, o Mudo teve a idéia de mandar deter os dois – pai e filha – no único beliche disponível do falanstério que até hoje habita. Mandou comida, mandou bebida, mandou um vigia de porta, mas não mandou a passagem do navio que deveria sair no dia seguinte. Liberado de madrugada, foi-se o imigrante e ficou a imigrada: com roupas e sapatos novos, inúteis revistas de quadrinhos (não sabia ler) e o visível alvoroço do passarinho que escapa da arapuca.

Quem tomaria conta da garota que os embarcadiços não queriam acolher, dada a difícil vida que levavam e a instabilidade das ligações que mantinham: uma companheira hoje, outra amanhã, e a renda subordinada aos caprichos das sereias, geladas amantes de Netuno e parteiras das desovas?

Sendo o único livre dos endereços de cama, mesa, lavadeira e mulher, amolecido, o Mudo decidiu-se a ser pai aos quarenta e cinco anos, na peça já alugada e paga. Com isso, e por isso, perdeu viagens sucessivas, passando a dedicar-se ao contrabando de drogas, bebidas, baralhos de fotografias obscenas e ervas para sonhar: acordado e colorido.

Experimentou empreitar uma fêmea, coisa que Sicrana, de saída, recusou, preferindo tomar o comando da "casa" a submeter-se à autoridade e berros de uma estrangeira, como a que agüentou durante quinze dias.

– Não quero mãe, nem madrasta: quero eu.

Outro problema: a idade da enjeitada, a qualidade dos hóspedes da cabeça de porco e a impossibilidade de vigiá-la a distância. Então, pediu a alguém que lhe escrevesse uma carta ao seu cônsul – para quem já vinha colocando, há tempos, moambas oficiais – e, acomodando a protegida na casa de sua excelência, retornou à sua vocação e mister: pescar. Pescar tudo, inclusive as desventuras alheias...

No palacete do ilustre, Sicrana aprendeu a ler, escrever, tocar violão, pensar, falar, ver e calar. Também aprendeu maneiras, costura, bordado e outras coisas que não disse. De qualquer jeito considerou que, aos dezoito, já sabendo defender-se, estava na obrigação e hora de ajudar o velho: segundo ou terceiro pai não importava, uma vez que o tratamento recebido dos gringos não poderia ser melhor e, o do primeiro, não poderia ter sido pior.

Logo se readaptando ao estilo do porto – adquirido em menos de ano e meio – encheu o quarto do capitão e a zona marítima de alegria, com seus ademanes e graças naturais. Fechando os ouvidos às cantadas, ou se esquivando às bolinas de velhos e moços, de recusa em recusa às propostas para dormir (que os previdentes interessados só faziam na ausência paterna), acabou por conquistar a reputação de invulnerável, rara no meio, onde depressa arranjou amigos, fregueses para o que vendia, conselheiros desinteressados e gratuitos defensores.

Viajando, o pescador deixava quitado o necessário. Regressando, vinha carregado de tartarugas e lagostas, quer dizer, dinheiro: safra de divertimentos em perspectiva.

Agora beirava os vinte e cinco. Mas a revelação já havia acontecido no festivo dia de seus vinte anos. Beberam o que puderam, comeram o que quiseram com amigos e aderentes anônimos: tudo por ali mesmo.

Às oito da manhã do dia seguinte (recolheram-se, na véspera, quase madrugada) o Mudo, antes de partir (sob a ação ou pessoal desculpa do efeito do álcool) começou a apalpá-la docemente... docemente... e falou: usando a língua que ela desconhecia, mas compreendeu.

Fingindo dormir, ajeitou-se, inventou posições e foi deixando, deixando (por delicadeza, espanto, ignorância?), deixando... até o desfalecimento inaugural, regado de lágrimas: adiante-se a favor da jovem.

Daí por diante, já viciada no religioso rito, passou a rezar para que as longas pescarias que o afastavam dela, de fracasso em fracasso levassem o pai a trocar o mar pela terra, onde certas espécies de rosas entumescem, desabrocham, sangram e murcham pra renascer mais belas todo mês: dispensando adubos e (mesmo) regas.

Garantia de aluguéis atrasados

A pós demorada peregrinação pelas baiúcas da zona, nas quais se espanturrou de bolinhos de peixe e copos de todos os líquidos, decidiu curtir os efeitos do porre progressivo (azia intermitente, baba, vontade de vomitar, intrometimento na conversa dos outros, gana de brigar por dá-cá-aquela-palha e sucessivas incursões nas latrinas), em lugar onde fosse absolutamente anônimo.

Pegou a primeira condução, que o despejou num subúrbio distante. Os trens elétricos iam e vinham apinhados de gente, pois era dois de novembro, e ele nem se lembrava da data e, por engate, da filha, cuja prematura morte não deixara de influir na consolidação da *idéia*.

"Todas as *extensões* do homem nascem da morte, pela morte: contra ou a favor".

Os cinemas, que se enfileiravam no largo da estação ferrocarril, pareciam ter combinado cultuar o dia com a exibição especial de filmes de deslavada safadeza: pois se nos cartazes de um o brutamontes de costeleta sugava obscena maminha de discutível donzela, nas fotos do último (a dez ou quinze passos) a mesma tipa (ou outra, não importa, porquanto as putas são iguais e fazem a mesma pose nos mesmos momentos) já teria sido polida: mulher não sorri, olhos fechados, a não ser depois de tecnicamente trabalhada pela capacidade (e imaginação) operacional do agente : tanto na escolha como no exercício dos variados instrumentos de orquestral e simultâneo gozo.

Comprou um bilhete (onze e meia da manhã, mais ou menos) para ter direito de dormir com os "mistérios da carne". Acordado (treze e lá vai, no relógio do cinema), verificou que a carteira e o tissô de pulso desapareceram.

Quem descontaria um cheque de desconhecido, principalmente num dia feriado? A quem pedir ajuda àquela hora pra dizer que *estava chegando de viagem*, desprevenido de roupa e capital? Revistando os bolsos, menos atribulado do que masoquista, fruindo a própria vergonha e castigo, acabou encontrando a moeda salvadora na subalgibeira (idéia dele) do bolso fronteiro da calça: inovação duramente bolada e não aceita pelos seus dromedários revendedores municipais. Remoeu o sentimento de injustiça de que são vítimas todos os precursores – não importa de que nacionalidade ou de quê – e mentalmente voou ao quarto de Sicrana, onde o terno mandado à tinturaria talvez o esperasse. Sujo como estava – de carvão,

poeira e suor – deveria voltar ao obrigatório banho de gamela? Refletiu um pouco. Que juízo Sicrana faria dele, depois da despedida irrevogável, feita com o passivo testemunho, de olhos e ouvidos, do neutro bem-te-vi amarelo?
Voltaria ou não pra casa?

Pelo resvalado do sol, seriam quatro e meia da tarde, quando bateu à porta pela primeira vez. Bateu a segunda: desta feita, na janela do quarto do casal. Sem muita certeza, pareceu-lhe ter ouvido passos miúdos e rápidos, de quem se afasta na ponta dos pés, tendo antes o cuidado de correr, lentamente (mais assustado do que assustador), a encardida e rota cortina de varetas japonesas.

Se não fosse o torpor conseqüente ao pileque – que, de algum modo, lhe embotava a visão e a audição, além de afetar-lhe o equilíbrio – seria capaz de jurar que até ali estaria sendo observado pelo curioso, ou curiosa, que se postava por trás da veneziana: talvez o dono ou a dona dos passos que... "ouvi mesmo?"

Bateu pela terceira vez, e sentou-se no último degrau da escadinha da entrada, disposto a deitar-se ali, se fosse o caso, à espera de que abrissem. Não estava à porta de *sua* casa?

Num golpe de vista, de cabo a rabo percorreu a rua conhecida: o amolecido betume do calçamento fumegava. Os galhos das árvores, em cozimento de forno brando, aguardavam a aragem que não vinha, ou viria com o promitente vazamento das nuvens pandas que, de repente, compuseram um céu de tempestade e chumbo. Inspecionava o pequeno (ex) jardim devorado pelas formigas. As telhas do beiral quase soltas ameaçavam rebentar as cabeças a elas predestinadas: de moradores e visitantes. A parede da fachada do prédio, outrora pintada de sedoso óleo grená, parecia uma talagarça, de tantas perfurações provocadas pela última chuva de pedra e vento. Dois montes de lixo ladeavam o portão emperrado, cujos gonzos deviam gemer como almas penadas se tivessem de girar ao impulso de quem entrasse ou saísse: coisa agora incogitável, de vez que as duas bandeiras de ferro batido não tinham mais conserto: podres, nem como sucata serviriam. Restos de comida esperavam o coletor da lavagem em baldes oxidados e sem alça, no intervalo chamando moscas varejeiras (verdes, azuis, furta-cores) e a ubíqua correição de formigas bundudas, quase tanajuras, do caldunto de famintos.

Afinal, abrindo-se a porta em que se encostava, caiu na sala como num desmaio, de costas e pernas para cima. Ao levantar-se do ridículo tombo, a dona da casa (contendo o riso de coruja) esticou-se diante dele, ondulante que nem cobra de faquir. Fulano quis dizer qualquer coisa, mas deixou-lhe a iniciativa, ante a visão do que, *devendo ser*, não poderia ser *tanto quanto era*.

Nos cabelos da fera, possivelmente repintados de

pouco, flocos de picuman se penduravam nos interstícios de rolos plásticos de modelar buclês. Teias de aranha, bem como um enxame de aprendizes de aranha em praticagem, não lhe deixavam ver a face entalhada entre as orelhas e folhas de alcachofra. As mãos, nodosas e perebentas, delatavam incipiente lepra, a pedir óleo de chalmoogra, em lento – talvez – mas implacável e devastador avanço pelos braços encaroçados.

– Desculpe se fiz o senhor esperar. Estava me preparando para ir ao cemitério. Não tendo mortos enterrados na cidade, em intenção dos meus irei rezar pelos mortos dos outros. O senhor tem mortos na família?

– Tenho. Todo o mundo tem. Entre vários, uma filha.

– *Felizmente* (e, com trejeitos de cocote, ajeitava o cabelo aqui e ali, puxava a gola do vestido e acertava a fivela do cinto).

– A senhora ainda não perguntou a que vim... e eu gostaria de esclarecer tudo de uma vez. Pra não lhe tomar tempo.

– Ah, caro senhor, por que ou pra que esclarecer? Não há limpo que não tenha sido sujo, vice-versa, e voltando ao mesmo ponto, as vidas claras, em geral, são as mais turvas: é só mexer o fundo, no musgo que cobre o leito do riacho das almas. Às vezes, recebo visitas que nem sei de onde vêm, sabe?, amigos de meu marido (pelo menos é o que dizem), findando todos, sujos ou limpos, em camaradas fiéis. Sem esclarecimentos nem nada.

– Seu marido está?

– Não. Me abandonou. Mas ontem recebi uma carta dele. Pelo carimbo de origem, com quinze anos de atraso: veja como são nossos correios.

Perguntou por perguntar:

– Boas notícias?

– Excelentes: me participava o próprio falecimento, acrescentando que eu me considerasse livre para todos os efeitos.

– E a senhora, como se sente?

– Livre.

A dentadura dupla pedia goma adragante para o ajuste de emergência. Sem a menor cerimônia, a dona cuspiu as chapas na palma da mão e lá se foi aos trancos para voltar mais indiscreta e mais tagarela:

– Não há *aparelho* que me sirva sem a devida gosma. Agora podemos recomeçar a conversa. Onde é que a gente estava mesmo?

– No cemitério. A senhora estava dizendo que precisava ir ao cemitério.

– Eu disse isso? Pedi companhia?

– Disse. Não.

– Sinta como sou oferecida... sem sentir nem querer.

– Não poderemos deixar o início de nossas promissoras relações para outra oportunidade?

– Olhe, meu senhor. Sou pessoa muito franca e o cavalheiro inspira, de saída, simpatia, respeito e confiança. Atualmente (mais para me distrair do que por real necessidade) estou admitindo pensionistas a seco. Quer dizer: só com o café da manhã. Acontece que, por sua sorte ou nossa, tenho um cômodo disponível. Se quiser, é só falar.

– Quero.

– Pois, olhe as chaves. Mais tarde nos entenderemos no tocante aos detestáveis termos do negócio: preço da locação, regras de comportamento do inquilino... e tal e coisa. De qualquer forma, venha num minuto conhecer seu remanso. O cemitério fecha às sete e já estamos beirando às seis e meia com pingos na calçada. Fique com Deus e vá buscar seus embrulhos na companhia dele. Notei que não trouxe bagagem. Ou não tem bagagem? De qualquer modo, bagagem pra mim não é garantia de aluguéis atrasados.

Cabalísticas etiquetas

Mais ou menos instalado no antigo cômodo de empregada (dava para a latrina, cujas descargas dependiam do maior ou menor consumo d'água), que ele mesmo havia mandado reparar há coisa de uma semana, não aguardou a volta da hospedeira para os devidos acertos, claramente encarecidos pela dama. Não esperou a locadora nem a chuva ameaçante (ameaçante e vacilante), partindo logo pra loja. Aí trocou de roupa, antes despachando o suspeitoso chofer do táxi. Tipo que, pelo aspecto e afobação, parecia mais rato do que queijo, ao surpreendê-lo (olhos vidrados) abrindo a caixa registradora.

Pensou em telefonar ao Beltrano, ou talvez passar no Mercado pra uma espiada rápida. Não fez uma coisa nem outra. Cansado, tomou quarto num modesto hotel de viajantes onde era conhecido e dormiu, sono solto, até o dia seguinte. Pela manhã, antecipou-se ao gerente na abertura do negócio, examinou livros de contabilidade, conferiu contas. Providenciou mais tarde o que era de ser ordenado e largou-se (quase meio-dia) para o consultório do amigo. Encontraram-se naturalmente ("Como foi de viagem?" "Bem.") sem mais indagações inúteis, como se não tivessem interrompido por uns dias os habituais encontros. Apenas Beltrano segredou-lhe que dona Beltrana, indagada pelo telefone se precisava de *auxílio*, estranhamente lhe mandou à merda, em tom de despertar espécie: voz pausada, baixa, surda, "com muito de irônica censura".

Não comentaram o incidente e foram almoçar no restaurante árabe da predileção do doutor. Obeso, rebatia o excesso de quilos com alimentos graxos e pesados (quibe frito, untuosos caldos de legumes, ensopados de gorda carne de porco com feijão branco, picantes condimentos... *et cetera*), tudo na base do enganador – mas conceituado e complacente – *similabus, similabus curantur* dos homeopatas, que os alopatas usam e abusam mas permitem o mesmo aos seus regimentados.

Não beberam uma gota de álcool, embora o físico sustentasse que áraque, por exemplo, não é álcool: mas digestivo fermento, algo entre elixir paregórico e a doméstica infusão do funcho dos quintais avoengos: antiácido e antiespasmódico. Portanto, se não fosse o pacto que ambos caprichavam em cumprir (só Deus sabe com que sacrifício), talvez deixassem à mesa menos encharcados da aquosa melancia do que da toldada suspensão de anis estrelado, mais corrosiva do que qualquer lixívia de chiqueiro.

Do almoço, sobraram arrotos, o desafrouxar dos cintos e a agenda do próximo debate sobre a participação de possíveis futuros interessados no grêmio.

Precipitando-se um pouco – pois que nem consultou o amigo e cúmplice da empreitada –, Beltrano fez publicar anúncios nos jornais, conclamando os "verdadeiros espiritualistas" para prestigiar a "vitoriosa idéia em marcha".

Também redigiu logo memorial (outro *mea-culpa*) à Assembléia Legislativa pedindo a atenção do ilustrado edil seu conhecido, então na Presidência, para a "magnitude do problema", ao mesmo tempo em que requeria reconhecimento da iniciativa como de utilidade pública. Nos anúncios, indicava o número de sua caixa postal – raramente utilizado – mas, assinando o catatau, valeu-se de nome fictício:

– Anonimato é anonimato.

Aprovadas as providências tomadas pelo outro, sem reparos ou discussões sobre pontos controversíveis, despediram-se. Dali a quatro dias deveriam encontrar-se no bar alemão, à mesma hora e à mesma mesa (se possível). Atraso tolerável: três minutos.

Duas horas depois, de um furgão de aluguel (jamais usava o carro de entrega da fábrica de roupas numa corrida particular), Fulano descia no Mercado com exagerado molho de cravos vermelhos, além de pacotes marcados de monogramáticas e cabalísticas etiquetas.

Entendeu? No cu

Com palpável desgosto e o jeito mais pamonha do planeta, Bermuda foi levar os embrulhos ao quarto de Sicrana, dando-se ao luxo de contratar um moço da estiva para ajudá-lo.

– Não disse? Negativo. Bati, e uma voz de homem, ainda deitada (voz de quem achou ruim ser interrompido), rosnou que eu fosse tomar dentro.

Ao falso depoimento do recadeiro, deu de ombros, ciente como estava de alguns truques do pardieiro, nos quais, previdente, a moça o iniciara logo no começo de suas relações de poucas horas. Por isso, insistia.

– Olhe aqui (alertava, abrindo a boca e a carteira). Atravessando o terreno, onde tem gente acampada, você vai dar no puxado dos fundos, que foi cozinha de hotel ou padaria, pelos restos que encontrará lá: forno, massadeira, montes de panelas velhas e prateleiras enfumaçadas caindo aos pedaços. Um biombo forrado, forrado de desenhos de nádegas e pênis de todos os volumes, escamoteia o que, pela cantiga, você pensará ser a privada. Mas não é: é quarto e banca de bicho. Aí você vai parlamentar com certo tipo mal apanhado, mancueba e de fala macia. É o cambista do ponto (tenho certeza de que você conhece o cara) que também se diz zelador do prédio e elemento da polícia, cujo fichário engorda de relações sobre o que é feito, ou quase feito, pelas residentes do cortiço sobre a vida de seus michês, cafifas e coronéis. Pode ser que sim, pode ser que não. O fato é que ele (afinal de contas, coisa que você finge ignorar) tem as chaves de todos os cômodos, acoita criminosos que, a troco do obséquio noturno, lhe entopem o traseiro, empresta dinheiro a juros e comeria as apavoradas fêmeas que o temem: se quisesse ou pudesse. Não pode e não quer, e já disse por quê. Pra terminar e resumir: compre a chave do quarto da Roxa e deixe o arremate do tricô por minha conta.

– Como é que o senhor sabe de tanta coisa que não sei... eu que lido por aqui, como venho lidando há mais de vinte e tantos anos?

– Sabendo. Sabendo o mesmo que você sabe... senão no todo, ao menos em parte. Não se faça de inocente: sou puto velho, meu prezado.

Bermuda desconversou:

– Que que eu devo fazer com os embrulhos?

– Guarde tudo, contra recibo, no depósito do cais. A armazenagem é por minha conta. Dentro de dois dias, se tanto, Sicrana vai aparecer, fazendo coincindir a chegada dela com o comboio de lagosteiros.

– Como é que sabe?

– Sabendo.

Aturdido à inesperada, generosa quantia do adiantado, recebido e contado (no fundo, porém, temendo mais o ar misterioso, ameaçador e profético com que Fulano dava o dito pelo não dito... ora dizendo que brincava, ora afirmando que o poria na cadeia se abrisse o bico), imediatamente Bermuda mudou de cara e intenções: todo maneiro, subserviente e adamado. *Descobriria* ("juro pela alma da minha falecida senhora"), de qualquer jeito, o paradeiro da rapariga. Pois *desconfiava* de que ela tivesse arranjado um emprego por aí: obra do Louro talvez, ou obra de outro, quem sabe?: coração e cona de mulher abrem de improviso pra quem menos merece.

Animou-se para explicar:

– Primeiro, para não ficar sozinha sem poder negar a sopa ao godê do primeiro naval que quisesse ela, braguilha desabotoada e navalha na mão. Segundo, pra ter seu canto, de cama e comida garantidas, até a volta do velho. No tocante ao quarto, tenho certeza de que já foi pago. Quando o capitão viaja, sempre deixa o aluguel em dia, pontual como é.

Passando por cima das "desconfianças" do rapaz (que ele vinha pacientemente transformando em homeopáticas ciências), Fulano indagou:

– Que negócio de godê é esse?

– Na língua dos marujos, que no geral têm ele na língua também, godê quer dizer tesão de viagem. Tesão que o mar␣tenteia e ele divide pra descarregar um pouco em cada porto do mundo.

Com a perspectiva do flagrante na cabeça a cobrir-lhe a calva incipiente, ergueu-se da mesa com a majestade de um rei após a fala do trono. Esqueceu a coroa, digo o chapéu, esqueceu o jornal que lia, esqueceu de pagar a despesa.

Bermuda gritou-lhe, brandindo a peça no ar.

– Olha o chapéu, doutor. Esqueceu o chapéu.

Nesta altura, Fulano trancava a porta do táxi e, sorrindo de seu lado, aparentemente eufórico, gritou-lhe:

– Meta ele naquele lugar. Entendeu? No cu.

Com as mãos servindo de talher

Ia fazer um mês que, pouco a pouco, restabelecia a rotina trivial, com aparas e reparos naturais a sua nova condição de falecido. As raras (porque escolhidas) relações da família continuavam a freqüentar-lhe a casa, como sempre em horas jamais coincidentes com sua presença. Mesmo antes de morto, detestava fazer sala às visitas, que mais considerava da mulher do que dele: motivo pra fofocas de manicura margeando o lamentável chá preto com biscoitos.

Se lhe deixavam recomendações ao sair, ignorava. Também ignorava os truques a que Fulana recorreria para justificar-lhe a permanente ausência, agora mais do que nunca, transformada em sintomas de desajuste conjugal. "Talvez, até me desmoralize na qualidade de marido". Aliás, foi o que facilmente deduziu dos poucos encontros de rua que teve com os infalíveis chatos de fim de semana.

– Por que você nunca está em casa quando a gente vai?
– Primeiro, porque vêm quando saio. Segundo: porque saio quando vêm.

De qualquer modo, ou de todos os modos, para os demais tudo continuava igualmente no lar do estimado consórcio: correndo nos trilhos da normalidade burguesa, com os veniais desvios da fêmea sub-rogados pelos esquecidos descarrilamentos do macho: eventualidades anotadas em cadeia pelos vizinhos, conhecidos e desconhecidos.

Mas... e os hóspedes que de súbito lhe enfeitavam a sala de jantar, o corredor, a cozinha, a copa ou a área de serviço, de toalha no ombro, escova de dentes no copo, barbeadores e saboneteiras nas mãos, invariavelmente ostentando os pijamas patrícios (sempre listados) de cores tropicais? "Parentes". Só parentes tomariam tal intimidade, reduzindo apresentações e os cambaus aos simples *bom dia, boa tarde e boa noite* do uso e costume.

Fugindo ao cerrado assédio da viúva, que o tratava com deferências especiais (vendeu-lhe todo o guarda-roupa do finado por uma ninharia), o caprichado desjejum servido na cama, os insistentes convites para almoços ou jantares aparentemente comemorativos (quatro em trinta dias), acabou-se habituando a tomar refeições no Mercado, chovesse ou fizesse sol. Mais: devagar proselitando os íntimos à prática do que chamava vício hidroterápico:

"água é vida, e somente o que vem da água vivifica. Até os microorganismos da fauna intestinal".

Em tais ocasiões, pavoneava uma sobriedade que o garçom acolhia com a mais cínica das conivências:

– Jurou nunca mais beber uma gota de álcool e, desde então, nunca mais. Isso é que é força de vontade, coisa rara hoje em dia entre paus-d'água ou não.

– Conta pra eles como foi, conta tudo.

Quando dispunha de tempo, Bermuda sempre inventava uma nova anedota pra justificar o "dia histórico" e a gorjeta maior pelo serviço extra.

Durante esse período de readaptação ao pecado original ("saibam que a maçã da Bíblia era uma ova de esturjão") pelo qual vinha se purgando lenta e prazerosamente, jamais perguntou por Sicrana ou lhe perguntaram por ela. Claro: três ou quatro encontros, mesmo regulares, não significam a possibilidade de uma efetiva ligação. Acontece que, intimamente ardendo por encontrá-la (por curiosidade ou pelo quer que fosse), valeu-se do pretexto da roupa pessoal "esquecida" na cabeça de porco:

– Veja se recupera os panos, Bermuda. Não por mim, no que me toca, mas por você. Trata-se de peças tinindo, que poderá aproveitar muito bem.

Correram dias por cima dessa conversa.

Bermuda:

– Sem novas do velho, que não deu notícias desde a última arribada, findo o sortimento do que tinha pra vender e comer do vendido, Sicrana deu no pé, pra não dar o que falar aos calados. Moça de siso está ali: embora de vez em quando fizesse companhia a um ou a outro, de sua simpatia, preferência de hora e gosto, como aconteceu ao senhor... que, com perdão da palavra, poderia ser avô da cuja. Tudo na decência. Sem macetes de puta ou mais-ou-menos de quase. Sabia escolher, e só andava com quem escolhia: pelos modos, maneiras, palavras e cheiro.

Se Sicrana tivesse encomendado o sermão do garçom, com o único fito de espicaçá-lo, não teria procedido melhormente. Num átimo (gamado de fora a fora) Fulano sorriu, invadido dessa plenitude que um perfeito espasmo de amor faculta, após meses de tesão recolhida pela coisa ambicionada.

Erguendo-se, gritou pra quem quisesse ouvir, num desafio aos deuses do céu e do mar:

– Comerei a *sardinha*. Juro que comerei. Comerei a sardinha frita no azeite dela: mas no meu experimentado jeito de temperar.

Entendendo a fala de seu ouvido e mister (ou não pescando coisa alguma), Bermuda trouxe-lhe imediatamente um prato de sardinhas, mais torradas do que pele de porco aviada ao sal, sol, fumeiro e frigideira.

Pelo sim, pelo não, temendo desapontar o prestimoso intrigante e atendente, devorou-as todas, com as mãos servindo de talher.

Perdão por tê-lo magoado tanto

Antes do vencimento do aluguel, elegantemente Fulano mandou o devido pelo correio através de um cheque nominal, *não sentindo coisa alguma ao casar o próprio sobrenome ao nome da hospedeira*. Apenas estranhou, dias mais tarde, o encontro de um envelope debaixo da porta do quarto, com certa quantia e a nota de que o "ora devolvido é a diferença a mais que o ilustre locatário inadvertidamente pagou, quase dobrando o preço ajustado".

O meticuloso escrúpulo fez-lhe recordar mesquinhas situações anteriores (das quais participou, por influência e exigência da mulher) no que tocava a questões de contas, que Fulana sempre fazia "chegar", pouco se lhe dando que as importâncias recolhidas por outras pessoas (e ela engavetava, na qualidade de caixa e tesoureira de várias corporações) pertencessem ao

Albergue da Boa Vontade ou ao clube das ex-alunas do Colégio Spes.

Conivente, por solidariedade conjugal, com os desvios das verbas que os balanços, feitos por suas mãos e regras contábeis, jamais registraram, todos os *déficits* apurados então eram saldos positivos na caderneta bancária particular da madame.

A transformação pra melhor seria (entre outras más transformações não apuradas) uma conseqüência de sua recente viuvez? Seria ele o responsável (por omissão ou preguiça) pelos antigos deslizes, sobretudo morais, de sua ex-sócia de cama, mesa e paternidade?

Bem: "os mortos *(só)* comandam os vivos" na frase literária do filósofo. Assim como "o saber não ocupa lugar" é dito e redito, em retumbante tom, pelos paraninfos das turmas migratórias dos grupos escolares: sai ano, entra ano. Ora: são os vivos que "inventam" os *(seus)* mortos (dos paradigmas domésticos aos santos dos céus, passando pelos heróis dos panteons, tipos e mitos de cada época, ou de cada voga), do mesmo modo que nada ocupa tanto lugar (e devora tempo) como o saber.

Se não estivesse atazanado com outras preocupações de saber ("onde anda Sicrana? Que que o Louro queria? O capitão é contrabandista, mudo de mentira e pescador de verdade? Pai, marido, padrasto, tio ou amante da jovem?") tentaria descobrir de que Fulana viveria se não lhe mandasse mesadas, com qual dos três hóspedes dormiria, se justificaria ou não a súbita viuvez... sem aviso tarjado de preto, luto, missa de sétimo dia, estranhos dentro de casa, misteriosas saídas e cochichos com gregórios que jamais vira quando era vivo. Então esse elenco, esse monte de saber, variados *saberes*, não ocuparia lugar, podendo até mudar-lhe a química do sangue e interferir em suas reações mentais? Não era absurdo que apenas a mulher o visse e falasse, os demais roçando-lhe o corpo e cara como fantasmas? Fantasmas, fantasma: *eles* ou *ele*?

Estacionando o mínimo em casa, nos mais imprevistos e desencontrados momentos (para um banho ou muda de roupa), não ocuparia apesar disso um microscópico lugar na preocupação dos *ectoplasmas*, ao esbarrar-lhes furtivamente ou ao obstruir-lhes os ouvidos astrais, puxando a corrente da descarga na latrina ou abrindo a furiosa ducha... quando havia água, obviamente dito?

Com tais prospecções "metafísicas" (olho no teto, pés cruzados, ora um ora outro trabalhado pelas mãos ávidas de farelos de falso ácido úrico, que o nariz testava como chulé), pela primeira vez passou uma tarde inteira na pensão, balanceando sua tripla atividade: de industrial, velho gaiteiro e viúvo.

Depois, dormindo com *a do meio*, sonhou com a Sicrana: até que foi despertado, lá pelas tantas, com uma pancadaria grossa no quarto da frente. Vestida de pierrete (viria de um baile a fantasia), a mulher, feito cadela, apanhava do desenhista, bezoando, entre gemidos, *que lhe daria o que ele quisesse.* Como Fulana estivesse de joelhos, meio corpo atravessado na cama e mãos nos olhos, comovido às perfeitas coxas que jamais notou, decidiu ajudá-la com uma sapatada na cabeça do gigolô, logo sangrando. Vendo que a mulher se movia, fechou a porta e ficou do lado de fora espreitando pelo buraco da fechadura.

Pois a primeira reação dela, ao levantar-se, foi começar a limpar-lhe o sangue, pedindo-lhe perdão por, *sem querer, tê-lo magoado tanto.*

O melhor especialista em questões do astral existente na praça

O ruído da lingüeta da fechadura da porta do banheiro, emperrada por falta de graxa e uso (claro que o trinco interno surtia o mesmo efeito, dispensando-a perfeitamente), de tal modo assustou os cavalheiros que se sentavam à mesa da copa (eram duas e pouco de ardente madrugada) que o Arquiteto, ao gritar por socorro, não só debandou os demais como arrancou a proprietária da cama, sem ter tido tempo para compor-se: apareceu seminua, de pistola na mão.

Fulano tentava acalmar o nervosismo e a belicosa disposição da outra, explicando que, por insistir em usar a chave imprestável, fora o causador involuntário da encrenca.

Porque podia *ouvir* mas não *via* a figura da pessoa contra quem Fulana vociferava todo um repertório de palavrões, o mancebo derramou-se no chão feito uma coisa líquida.

Então em repetidos uivos, Fulana ordenou ao ex-marido que fosse buscar os "covardes" para ajudar a erguer o "pobre corpo agonizante".

Esfregando os pulsos da "vítima", após ter-lhe enxugado o suor da fronte, pescoço e peito, a velha tinha estremecimentos de fêmea na fronteira do espasmo, ao mesmo tempo em que o cobria de fedorentos beijos e lhe afagava o sexo, mais enrugado, nodoso e murcho do que um dedo de salsicha dormida.

Num segundo desta altura, compreendeu o que não havia pressentido em um quarto de século de vida com a constitucionalíssima e enrustida puta, não considerando a venial cena anteriormente testemunhada.

Voltando sem os convocados (teriam pulado as janelas, pois que não estavam nas peças respectivas, escancaradas e revoltas), ele mesmo, e sozinho, portou a preciosa carga até a cama, tendo o cuidado de despojá-lo do incômodo e apertado pijama, no momento transformado em pastosa lona de talco e suor, dura que nem couraça.

– Mais alguma coisa?
– Apague a luz.

No dia seguinte cedo, quase madrugada, surpreendeu a proprietária presidindo a assembléia de inquilinos, para a qual somente ele não fora convocado, uma vez que até a arrumadeira integrava a mesa armada de pratos, talheres, frios, frutas e garrafas. Quanto ao rapaz, ainda moralmente traumatizado pelo havido, ela responderia por ele. Ao ver o ex aproximar-se com a visível intenção de entrar na roda, Fulana fez-lhe sinal para que os deixasse em paz: ao que ele obedeceu, pisando duro. Que os demais não lhe ouviram os passos e o estrondo da porta do cochichó, batida com força ao recolher-se, não havia, não houve dúvidas: só ela ouviu. A ausência do Arquiteto interrompia a "corrente".

"Imbecil, três vezes imbecil", gritava a mulher, possessa, sem que os presentes vissem o alvo da repreenda ou atinassem com o sentido dela, mais aparvalhados do que ofendidos: porque a chancela bem poderia servir a qualquer deles.

Patética, a viúva começou apelando para que ninguém a abandonasse, disposta que estava a lhes diminuir o preço dos aluguéis (para os hóspedes) e a aumentar-lhe o indigente ordenado (para a criada). Quanto aos misteriosos ruídos, expectorações e cumprimentos que recebiam – de vez em quando e sempre na sua presença – nada a temer, pois que só o espírito de seu marido teria o desplante de promover as desagradáveis pilhérias, que visariam mais a dificultar-lhe o atual ganha-pão do que a lhes toldar o sossego, embora atingindo uma coisa através de outra. É que, afora o rapaz, ninguém ouvira coisa alguma: por isso se entreolharam, perplexos, no íntimo duvidando da sanidade mental da senhoria. Pediu-lhes para considerar nulo o abaixo assinado do autodespejo geral, rasgando-o com certa solenidade. E prometeu-lhes mandar benzer a casa com defumações de abre-campo, na primeira sexta-feira do mês próximo.

Em seguida, acordes e facilmente felizes, trocaram efusivas saudações de fim de ano, tendo o inventor da hélice lhe assegurado, de pé e com voz de experiente tribuno, que na noite anterior não se reuniram para participar-lhe a mudança geral, mas com o fito exclusivo de programar as comemorações do dia vinte e cinco de dezembro: data natalícia de Cristo, como ninguém ignorava, e dela, que ficaram sabendo pela inestimável criatura ali presente (vivaram a empregada, que começou a chorar). Fulana aceitou a desculpa esfarrapada, incluindo o requerimento na lista de "invenções do morto".

Os jornais da tarde desse dia publicaram que, na rua tal (não forneceram o número da casa) do bairro tal, um espírito gaiato andava fazendo estrepulias: pondo em perigo a segurança dos moradores e da vizinhança, já que as pedradas (exagero) lançadas por ele ricocheteavam nos telhados próximos (mentira: a casa era espremida entre dois altos edifícios), inaugurando goteiras e, à noite, perturbando o ralo sono dos mais idosos com miados de gatos (um, dois, três... milhões de gatos fantasmas) no incontrolável cio de tão excitantes gemidos que, num só dia, a farmácia da esquina vendeu mais de uma grosa de mofado elixir afrodisíaco, havia anos esquecido nas prateleiras da botica.

Lida a notícia, com sofreguidão e maus pressentimentos, imediatamente Fulano fez uma ligação telefônica para Beltrano.

Ora: Beltrano era considerado o maior especialista da praça em questões do astral.

Uma penca de chaves

Aconteceu que nova empregada vindo substituir a que apenas esfolou com os olhos (sendo que, por mais tempo, na inesquecível madrugada da reunião), dando com ele nu ao sair do banheiro, pôs-se a gritar: acordando a rua e os subúrbios. Eram cinco da manhã de um domingo pré-carnavalesco. Os moradores não haviam chegado da prestigiosa batalha de confetes, inclusive a hospedeira. Gritando por socorro, alguns conhecidos vizinhos ainda fantasiados acorreram. A pobre abriu a porta: lívida, pingando suor e fedendo a mijo recente.

Apesar de confusamente informados do acontecimento, que ela baralhava com outros presenciados na infância roceira (rapazes deflorando cabras, vitelas, peruas ou éguas aflitas), logo os prontos-socorristas começaram a vasculhar os cômodos no encalço do ladrão pelado: mas não viram Fulano no seu canto, calmamente se enfiando as calças. Foi aí, e nisso, que pela primeira vez, e sem querer, experimentou sua invisibilidade pomposamente assegurada por Beltrano:

"Você fica invisível, mas não está morto. Logo, pode fazer o que quiser – transportar objetos, promover ruídos, *agredir* – desde que no ambiente alguém esteja carregado de mediunidade operante, sempre de sinal – positivo ou negativo – contrário ao seu: entendeu? Dada a atmosfera da casa, criada pelos tremendos poderes maléficos de *alguém*, você só não é invisível pra quem participar ou participou da intimidade física da central de fluidos subalternos em repelente conflito de taras. É o castigo desse alguém. Parece complicado mas não é, trocando-se tudo em miúdos: sua visibilidade é natural, sua invisibilidade é supra-real, dependendo, por isso, do vidente. Quer dizer, do que dispuser da faculdade de ver o que os outros não vêem, mas existe".

Fulano não compreendeu coisa alguma, mas agradeceu a "explicação", comprometendo-se a averiguá-la na próxima vez em que fenômeno semelhante se manifestasse.

Eis porque só ela, a novata, o via, apontava e xingava, sem que os demais percebessem o alvo de seu dedo e imprecações. Tomaram a pobre por drogada de lança-perfume (realmente um cheiro de éter flanava no ar, na certa vindo deles mesmos) e, sem a menor contemplação (sob protestos e esperneadas), levaram-na para o posto de saúde próximo.

O tipo eleito para, no intervalo, tomar conta da casa (um pierrô de exageradas dimensões e volume, gerente do melhor açougue do bairro) aproveitou a ausência de testemunhas para servir-se de tudo o que encontrou à mão, enchendo os bolsos de pastéis, frutas, biscoitos, jóias, relógios, e até dinheiro esquecido nas gavetas de mesinhas de cabeceira, displicentemente escancaradas.

Como também era invisível para o vigilante, não podendo nem tocá-lo (coisa que tentou sem sucesso, dado o desencontro de suas auras e falta de um médium), limitou-se a acompanhá-lo, na peregrinação criminosa, com pigarros e rasta-pés, a que o outro não dava a mínima: segunda prova de que sem próximo intermediário não poderia provocar ruídos audíveis. Entretanto, e em compensação, via, e viu, o que o pierrô não viu, completamente cego na sua pressa de locupletar-se. No quarto do Inventor, por exemplo, havia uma pasta cartonada, entumescida de magistrais posturas obscenas (em água-forte) e, no do Arquiteto, extenso quadro negro, no qual se extraíam (extraíram) raízes quadradas de nádegas e pênis extraordinários, artisticamente representados: tudo com matemática, rígida precisão. Viu também nos aposentos do Viajante e de Fulana maravilhas em modernas ferramentas de plástico, auxiliares de certas operações: no do primeiro, maminhas, vulvas, dedos e línguas de borracha... e no da segunda, uma completa coleção numerada (de um a vinte e quatro) de falos de prepúcio elástico e papilosas glandes, proporcionais ao calibre de cada um... guardada em talco perfumado, num elegante estojo de jacarandá com incrustações de prata.

Já que o pierrô guardião, agora suprido, abria a geladeira à procura de algo pra beber, Fulano inventariou o surrupiado e foi-se com a maior tranqüilidade do mundo. Tranquilidade limitada pelo comprimento da rua, em cuja esquina final havia um ponto de táxis.

Pegou o carro e mandou tocar para o Porto: nenhum café aberto, nem uma viva alma no quarteirão de vielas e becos percorridos.

Desapontado, rumou para o esconderijo do bicheiro. Pela porta aberta vinham vozes, numa escala de estruturas gregorianas. Não palmou para entrar, surpreendendo o homem de joelhos, livro na mão, ele mesmo fazendo solo e coro do que lia. Parou um momento, perplexo à cena iluminada por uma cruz de velas coloridas, que se consumiam transformadas em nodosas varizes cartografando o chão. Embora pressentido, ou por isso, fez menção de sair, recebendo em barganha um sinal para que esperasse.

Terminada a ladainha, após minutos de cumprimentos e conversa fiada, o oficiante do solitário ritual não se fez de rogado: deu-lhe, sem mais aquela, justamente o serviço que veio, vinha cobrar de Bermuda.

Antes de insinuar o pretendido em troca das revelações, o solerte cambone ofereceu-lhe bebida, cigarros de maconha, dinheiro emprestado ("caso precise") e uma penca de chaves.

Completamente desinibido

A indústria dos flagrantes deixara de interessar como especialidade pelo lerdo mecanismo do recolhimento de dados, sua posterior classificação, coordenação e ajuste: a começar dos serviços de acampanagem, escuta de idílios telefônicos, trotes ardilosos, estudos grafológicos em dedicatórias de fotos ou livros (dificílima a obtenção de autógrafos extensos, para os confrontos devidos), aliciamento de cáftens, caftinas, gerentes e garçons de hotéis, para que a "surpresa" dos pares só pudesse ocorrer no cortiço "premiado"... suborno de testemunhas de fortuitos encontros de rua, praia, boates, conduções coletivas, casas comerciais... consultórios. Tudo isso, além dos riscos da reação armada de uma das partes na hora, sem falar dos suicídios e saltos pelas janelas e, em certos casos, o necessário e oneroso amaciamento da imprensa, através da poderosa confraria dos cronistas sociais. Também os contatos avulsos, mas importantes, custavam os olhos da cara, diminuindo a partilha do apurado dos dois lados, armando disputas entre os comparsas agastados, porque um ou outro levou mais por trabalho igual: um inferno. De maneira que a féria dos encontros rotineiros, pela quantidade e freqüência, compensava (aluguel adiantado) a chateação da muda de lençóis ou as idas aos botecos pra comprar isso e aquilo: camisas de vênus, água de colônia, toalhas higiênicas, agulhas de costura, dedal, botões, colchetes, elásticos para sutiãs, lenços, pentes, calcinhas, cuecas, sedativos, sanduíches, garrafas, algodão, sacos de água quente, supositórios, clisteres, injeções abortivas, pílulas, bombas pra lavagens vaginais (com água mineral sem gás) e às vezes flores. Por isso, não havia na vizinhança um só bar que não dispusesse de uma reserva dessas inapreciáveis mercadorias, que o Perneta não estocava pra não empatar capital à toa: dobrando as contas dos fornecedores (mais a gorjeta), lucrava tanto quanto o vendeiro: em randevu de infiéis não se exige conforto nem se discute preço.

Ainda: até que se concluísse o arrombamento de uma porta de quarto, poucos traídos (bichas dos dois lados quase sempre) dispunham, disporiam e disporão do domínio dos nervos necessários à audiência dos gemidos e às exclamações dos amados adúlteros e adúlteras. *Antes e depois*: porque havia e há os tipos confidentes que, após a função, contam lorotas e citam nomes, obrigando os oficiais de justiça a carregar complicados aparelhos de gravar. Também havia e há os que, optando pela macheza nunca demonstrada até então, armavam e armam escândalo, exibindo carteiras do "sabe com quem está falando?", em minutos pondo a perder todo um paciente trabalho de mês, meses, ano.

Os fotógrafos da polícia, à margem dos vencimentos, cobravam por fora e muito: sobretudo os retoques que acentuassem as partes comprometedoras do casal (notadamente nas posições desconhecidas que surpreendessem), coisa mais do que importante como demonstração do gosto de cada par. Mais tarde, revenderiam cópias camufladas e eslaides do documentado: nas portas dos internatos de religiosas ou religiosos, pois pra isso havia uma rede de corretores habilmente domesticada. A justiça sempre tardia (os meirinhos precedendo os delegados, por sua vez cuidando dos próprios chifres), os maritais e maridos reclamando o preço combinado... depois da sadomaso satisfação de saber *com quem, desde quando, a que horas e quantas vezes por sessão, semana ou mês*: uma longa serenata por uma ninharia. Daí o capenga ter-se decidido sabiamente pela simples locação avulsa, com a concordância e cumplicidade dos que, homens ou mulheres residentes no cortiço, não tivessem compromissos com a tradição do estado de casados "pra constar" ou "pra valer".

Ainda no passo dos flagrantes, por exemplo: a maioria dos interessados ou interessadas à hora de pagar, invariavelmente trazia caderninhos de apontamentos para provar aos investigadores que "no dia tal não pode ser porque era dia do meu aniversário, e ele (ou ela) não saiu de casa": ou de que a coincidência dos meses com a estréia não correspondia de modo algum à conta do médico *dela*, sendo que um aborto (conquanto não mencionado na fatura como tal) é sempre maior em importância moral e econômica do que uma consulta comum. Havia ainda os problemas dos detalhistas: "isso de *conta apresentada* comigo não pega": passando desse ponto a exigir dia, data e horas cumpridas de acampanagem. No fundo, a preocupação não era com o custo da empreitada em si, mas com o apego à idéia de que *talvez nem tivesse havido nada*, todos querendo justificar inconscientemente o objeto de sua confiança, desconfiança, vezo e rabicho.

Marido, mulher, amantes ou governantes de todas as épocas reagem de modo igual: só aceitam a traição pelo olho, como se fosse possível fiscalizar todos os ministros e funcionários dos ministérios, todos os buracos de fechadura, todos os buracos do corpo, todos os borderôs bancários, todos os randevus, todas as touceiras do mato, todos os protocolos secretos de políticos nacionais e internacionais, todos os preços dos manufaturados que as mulheres de uns compram e os maridos de outras pagam, todos os escaninhos das carteiras, toda a correspondência das caixas postais, todos os telefonemas dados... todas as consciências, enfim. Do prato de cada dia a toalete de gala, dos fluxos suspeitos (os suspensos) à frigidez da cama, das quenturas imprevistas às lágrimas de banheiro... daí por diante e por aí afora. Em resumo: somente a foto poderia, ou pode, provar o fato? No entanto, falsificam-se atas, relatórios, autógrafos legislativos, bujões de leite, gás, manteiga... notas de venda e balanços, pesos e medidas, moedas e cédulas de bancos, depoimentos assinados, contratos de trabalho, orçamentos, passaportes e outras carteiras de teor probante, enfermidades, gravidez... e o diabo.

A mentira começa na verdade da primeira prova verbal ou documental: mas quem sabe o endereço certo da verdade? Uma fotografia pode ser montada, trucada, retocada... e daí? O caso é que os flagrantes, operários da fortuna do mancueba – quinze, no máximo –, acabaram em sólidos acordos entre os querelantes, passando o pobre a ser incriminado como altíssimo sacana, ladrão de nascença e coisas piores. Claro: apesar de portador de uma identidade de alcagüete, nem por isso ficava livre do despeito e concorrência de seus iguais e meeiros na hora da partilha do lucro das operações paralelas: do jogo do bicho, do jogo do amor e do jogo da morte.

Tudo porque a ficha dos itinerantes fornicadores (mesmo sob falsa qualidade) teria que ser preenchida para os devidos fins, isto é, para a mútua garantia de um espasmo sem perturbações cardiovascumédico legais. Curioso: gente categorizada nunca fazia oposição às exigências. Quem poderia supor que uma rainha fosse trair o soberano num colchão respingado de esperma anônimo e manchas de pulgas reais?

– Como a ostra explora a concha, desse enredo eu fiz fortuna mas disso não morrerei, se Deus quiser. Assim que encontrar alguém que sinta a maciez do meu coração, me aposentarei. Já tenho o bastante amealhado para a vida pacífica com que sonhei. Mas como será meu próximo, futuro e definitivo amor? Gastará mais do que o necessário com as insaciáveis que andam por aí? Terá gostos esquisitos? Beberá, jogará, trabalhará, será caninamente dedicado? Prevendo tudo para um fim de paz é que me maneiro. Desde que o esperado se vicie em mim, pode ter todos os defeitos que tiver... para os outros. Que tiver ou quiser. A gente vive uma só vez as fruições da terra, pois que as do espaço só se conhecem por informações desencontradas dos espíritos, e eu tenho consciência da vida que quero e nunca vivi: um homem pra mim, exclusivamente pra mim.

Fez o discurso com entonação fúnebre, e desandou a rir, mãos apoiando a cabeça encostada contra a parede. Quando se voltou para despedir-se, suas feições eram as de um efebo no primeiro dia da primeira oferta:

até o hálito (nauseabundo, há pouco) era mais perfumado do que a mistura de incenso, mirra e aloés.

Deslumbrado, rendido à metamorfose do imundo corpo físico no luminoso corpo astral, que ia adquirindo excitantes formas femininas, a terra parou para Fulano mergulhar com Sicrana na cama (que também girava), sem se magoar por *dentro* e por *fora*: completamente desinibido.

Perfume do sabonete dela

Dias adiante, voltou ao pardieiro: resmungos intercalados de gemidos vinham por baixo da porta, empurrados pelo vesperal vento mareiro cheirando a borra de peixe podre. Conquanto confusa, a voz da pessoa que se comunicaria com Vênus, através de um microfone incandescente, era de mulher: – e só poderia ser de determinada mulher.

Certa feita, Beltrano lhe explicara o mecanismo das alucinações audiovisuais, que perseguem alguns alcoólatras no fim de carreira. O caso é que, não sendo alcoólatra, o que ouvia justificava satisfatoriamente o que não via, não podia ver, mas devia estar chegando ao remate.

O quarto estava fechado por dentro e, por fora, vedada (com restos de roupas e talas de papelão) a conhecida janela sem vidraças. Além disso, penduraram um pano preto no lugar da chave, retirada da fechadura.

Tais precauções, em defesa da impunidade do ato de difícil prova, só partiriam de experientes pecadores ou criminosos natos. Pois, assim como a vida não escolhe lugares para explodir, muito menos a morte elege situações para extingui-la. Naquele instante, ali, alguém poderia estar se flagelando na contenção do orgasmo... nascendo, renascendo ou morrendo, pois que prazer e dor se manifestam por exclamações iguais: nem as aves do céu, ou os bichos do mato, distinguem bem a aurora do crepúsculo. Tudo pode acontecer na área de quatro paredes: limite de ruídos, segredos trocados – verbais ou gestuais – treva e luz.

Das misérias da alma que as palavras tentam exprimir, somente duas são absolutamente surdo-mudas e, pois, disfarçáveis: a inveja e o ódio, nas suas graduações intermediárias – do caviloso protesto do cheque antedatado à vingativa carta anônima – atiçando, implicando ou recorrendo aos movimentos paralelos: sempre à sombra dos cochichos.

Mas eis que a voz, alteando-se ao ponto de tornar-se audível a um ouvido de cera, agora cresce em clareza para implorar *mais* e comandar o *assim* do que estaria sendo feito: numa arquejante escala de quem, sufocado, soletra, soluça e ri a um tempo.

Depois, o apoteótico rugido da fera que se rende, arfando... e o indispensável, indevassável e inefável silêncio, coroamento da operação que une a terra de milênios ao céu de segundos ou, por acaso e azar, ao latente inferno de uma vida inteira: tudo dependendo da sintonia horoscópica dos parceiros.

Possesso, desceu a escada dos fundos gritando pelo bicheiro, "atualmente" (supôs) capaz de servi-lo: quando, onde e no que quisesse. Ninguém lhe ouviu os berros? Ninguém. No térreo, para sua decepção – decepção e não surpresa – a cancela, divisora do primeiro andar com o subterrâneo do Perneta, estava fechada: a cadeado e corrente. Em vão, murros e urros para que abrisse, abrissem.

Subir novamente para confirmar as revelações da bicha ou insistir na ajuda do planificador de flagrantes? Continuou pisoteando a porta de ferro galvanizado até que, num intervalo para enxugar a insuportável coriza alérgica (e, com essa pausa, amortecendo o sentimento que o impelia aos mais incríveis desatinos), ouviu de suas antenas, instaladas entre as pernas, além das súplicas por um *põe tudo*, simplesmente o que se segue, num fio de pausada e veludada voz, que se diria angélica:

– Fulano: você não percebeu ainda, depois dessa indiscreta e perturbadora barulhada, que estou trabalhando? Sinto, mas não vou abrir: nem eu, nem ele, nem agora nem nunca. Estamos ocupados, entende? Me deixe em paz, nos deixe em paz: pelo amor de Deus... e adeus.

Estranho é que, de volta ao primeiro andar, deu com o quarto de Sicrana escancarado e, dentro (vinha e entrou na ponta dos sapatos), nenhum sinal de luta nas enxergas fronteiras, impecavelmente vestidas das enxovalhadas colchas de retalhos a lhes disfarçar os varais roídos por rato ou cupim.

Como um cão fareja, cheirou as cobertas. Uma exalava o indiscreto e insistente perfume do sabonete *dela*.

Engoliam e vomitavam gente

Atribuindo a "um amigo" seu próprio interesse por Sicrana, "que o otário ainda não conhece, biblicamente falando, embora às vezes durma no quarto dela", confidenciou a Beltrano o absurdo romance, pedindo-lhe, por fim, diagnóstico e roteiro terapêutico para "extirpar o câncer da pobre alma na reta do despenhadeiro adiante".

Beltrano ouviu a história pacientemente: pediu detalhes e repetições das passagens menos claras.
– Que idade tem o cretino?
– Mais pra perrengue... assim como eu.
– É um perigo esse climatério dos que não fizeram tudo na mocidade por contenção forçada: falta de tempo, dinheiro, pão-durismo, debilidade fisiológica e covardia psicológica inatas. Mas não deixa de ser uma inclinação desordenada, comum aos madurões de espírito religioso,

habituados a uma vida ascética, baseada na estúpida noção do pecado. Em resumo: trata-se, se bem entendi, de um ser moralmente fragilíssimo, misto de vagina e pênis ao molho de escabeche.

– Mas há jeito?

– Há.

– Que devemos fazer por ele?

– Rezar.

Ergueram-se da mesa do restaurante, cheio como nunca de festivos clientes (em três redutos, pelo menos, comemoravam-se promoções de funcionários na atmosfera carnavalesca) e, graves sem o mínimo respeito humano, cabeças baixadas, Fulano começou a repetir o que Beltrano ciciava, acompanhando-lhe mais o movimento dos lábios do que os sons do que emitia, quase inaudíveis, mas fervorosamente adivinhados. Finda a cerimônia de segundos, voltaram a sentar-se, quatro olhos marejando.

Médico:

– Se, depois da filha acidentada em termos de homicídio, coisa antiga, a mulher se apegou a uma ausência insignificante do marido para repudiá-lo, vindo ele a apaixonar-se por uma jovem que reproduz a filha – idade, compleição, voz... menos cor – por sua vez repetente da esposa, está claro que o triângulo teria que se manifestar, mais dia menos dia, pela força do carma, das vidas anteriores dos três, entre os três vividas. Ignora o fenômeno ou não concorda com a interpretação dele?

— Desconheço a matéria. Também nunca saberia, como não sei, julgar um sentimento alheio, mesmo patológico.
— Exato. Sobretudo patológico. De modo contrário, não se poderia crer nos milagres... e eu acredito nos que já testemunhei. Além disso, pela ciência terrestre, no seu estágio atual, eu daria à doença (pigarreou) do seu *conhecido* o nome de fixação-por-transferência-triangular-simbólica.
— Remédio?
— Depois da prece propiciatória que fizemos em intenção do desviado, que ele possua a moça com urgência. Daí por diante, é só alternar orações freqüentes com exaustivos coitos, até que ela arranje outro – coisa nada desejável no caso, pois que sujeitos da marca de *seu amigo* vão depressa ao assassínio com requintes de perversidade – ou ele atinja a saciedade da carne sovada: aliás, fim ideal para a dramédia em fermentação, desde que o camarada continue a mantê-la... justa compensação por sua, dele, alforria. Bens materiais curam ou movem quaisquer paixões femininas... ou criam outras, na base da concorrência. O mais amado é sempre o que mais dá. Infelizmente, é da lei dos homens, porquanto o sexo desconhece a caridade, a esperança e a fé. Note que as teologias só *freqüentam* os doutores impotentes, mais pra lá do que pra cá.

Esvaziaram mais algumas garrafas e, embora tivessem convencionado que a *coisa* se estenderia em silêncio e na sombra, como uma sombra, Fulano aventou (adiantando que pagaria as despesas correspondentes) um projeto que lhe estourava a cabeça, e se resumia nisto: a) adoção de um distintivo ou de uma senha verbal para os correligionários, b) formação paulatina de grupos municipais pilotos, c) distribuição discreta de um *boletim iniciático* para uso dos que, pelo faro, sentissem, perto ou longe, um irmão em potencial à espera de ajuda.

Beltrano destruiu as sugestões com meia dúzia de espaçadas raspagens de garganta:

– Distintivo? Nunca. Toda discriminação é vaidade, e vaidade é véspera do orgulho. Não uso anel nem usaria aliança por isso. Senha? Por que senha, se nada foi preciso para que o alemão se revelasse ser dos nossos, sem querer nem saber? Grupos? Por que grupos que rotulam, nivelam ou separam as pessoas pelo próprio conceito de grupo? Grupo, no caso, é equivalente ao anel que identifica e marca. Boletim? Por que divulgar uma idéia, que não se pretende impor, pela leitura subliminar de argumentos dispensáveis para quem *já* é, tendo nascido *sendo*?

Pondo-se de pé, perorou:

– Seremos uma legião sem saber quantos somos... inodora e unida, dispensando a cabala e a semiótica, o sentido e o significado. Numa simples conversa de rua, saberemos se alguém *é*, nasceu *sendo* ou poderá vir a *ser*.

E ao darmos a mão a esse alguém, ele sentirá que você é dispensando palavras, uma vez que os fluídos são, além de cambiantes, contagiantes. Carrega-se uma alma como se abastece uma bateria de automóvel. Aproximando-se da pessoa que você julgou *ser*, ou poderá vir a *ser*, a corrente não se interromperá nunca mais, até que a liberdade de *ser* transforme o mundo num paraíso, digno de ser incluído entre as moradas do Pai. Morada de espíritos conscientes de suas limitações, e não de orgulhosos impositores das liberdades que lhes aprazem e classificam. Só podemos responsabilizar os *livres*: em si, por si, dentro de si. Aí a felicidade descerá dos céus, porque ninguém mais terá ganas de violentar a Lei. Não adianta dizer a esse ou àquele que não beba, não fume, não jogue, não furte, não mate, não viole as filhas dos outros etc. Ele terá de aprender a Lei por conta própria: aprender, e aprender a segui-la. O conhecimento do nosso princípio é a provisória penugem da asa, a promessa do futuro anjo, nascido do ovo posto no charco pelas mãos do Senhor, entre lírios, flores resplendentes e sapos untados de esperma. Entendeu?

– Não.

– Veja como são as coisas: no entanto, você é uma das estacas da *idéia*. Saia da placenta, irmão... e boa noite.

Separaram-se.

Dispondo da chave, comprada através de Bermuda, e do monte de cópias (aliás, só lhe interessavam duas) fornecidas de mão beijada pelo cambeta, onde que Fulano foi parar?

Durante a viagem de ônibus chegou à conclusão de que o *triângulo* de Beltrano era um simples, manjado e mofino ângulo, formado de linhas genesíacas que, partindo de uma maçã de matéria plástica, tomada como vértice, cada vez mais se afastavam, se afastavam e vão se afastando: com o *tempo*, a *experiência* de cada um e o *sexo* de cada qual.

"Evidente: no dia em que o ângulo desdobrar-se numa reta contínua – mão única, sem risco de cruzamento – homens e mulheres se entenderão melhor na via existencial comunitária".

As ruas já estavam cheias de foliões: e os bares e restaurantes do Mercado engoliam e vomitavam gente.

Não dou abrigo a qualquer um

Mais uma vez, abriu a porta da rua cautelosamente e subiu como quem ensaia um assalto, verificando tudo com minúcias de mão-leve profissional. Vazou o corredor do sopé da escada ao banheiro, onde urinou torrencialmente pelas paredes pra não fazer barulho na lata que fazia as vezes de vaso sanitário. A não ser o que vinha do terreno baldio, nenhum ruído na casa, que mais parecia mal assombrada. Foi e veio pé-ante-pé. À porta do quarto dela, de novo fechada, parou um momento, escutou, espreitou. Agachou-se para olhar pela fechadura. Nesse momento, a porta de baixo rangeu. Esconder ou enfrentar o que entrava, com a escusa de que saía? Saía ou vinha procurar alguém? No caso, então, como entrara, se não era hóspede do sobrado? Passos se aproximavam, de degrau em degrau, numa lentidão de enlouquecer o que espera.

Veio-lhe a idéia: "a quem quer que seja direi que fui visitar o bicheiro, entrando com outro morador conhecido. Como encontrasse a porta da padaria fechada, voltei. Voltei mas não sei como sair". Esperou uns três minutos, tempo mais do que suficiente para o aparecimento de alguém, salvo se o tipo parasse no trajeto. Ousou avançar até o topo da escada. Olhou pra baixo, de um lado. Olhou de outro: ninguém. Mas se os passos recomeçavam... de onde viriam? Do segundo andar, talvez. Dada a tensão em que estava, nem podia julgar mais se teria ouvido passos e ranger de porta. Agachou-se de novo para ver se via o que não queria ver. Não viu, pois que a chave, por dentro, o impedia. Apurou o ouvido: silêncio. Quantas cópias da chave do quarto de Sicrana haveria? Se tinha uma comprada e outra ganha, com a terceira, no lugar, seriam três. Arrombar? Com que direito e por quê?

Desceu como subiu e, minutos depois, no bar, a custo pôde tocar Bermuda, na sua corrida maluca de bandeja na mão, servindo copos. Indagado, com um gesto, o outro só lhe pôde gritar de passagem e assim mesmo a uns quinze metros de distância: "estão". Não havia uma cadeira vaga e, pelo visto, uma garrafa vazia. A clientela já começava a pagar água gelada ao preço do chope. E o batuque ensurdecedor das cuícas e pandeiros era de tontear. Aproximou-se da barraca onde se vendia angu à baiana: a barraca estava aberta, mas os grandes panelões emborcados. A vendeira recomendou-lhe um sobrado onde talvez encontrasse o de comer e beber, a preços escorchantes: advertiu. A espécie de pensão, especializada em tortas de frutos do mar, só abria nessas condições de maior demanda, o que explicava o luxo do proprietário: terno de linho branco dia e noite, chapéu chile, anéis de brilhante no dedo, relógio no pulso e charuto na boca. Cada semana mulher nova, que a legítima, paralítica, era obrigada a aceitar como se a intrusa viesse para servi-la no arranjo da casa e no preparo da comida especial. Pra não ouvir o que faziam, na rede do quarto de "consultas" a coitada resolvera ficar surda, pingando ácido fênico, iodo e clorofórmio no ouvido: composto que usava para aliviar contínuas dores de dente. Gostando do homem, não podendo locomover-se e não tendo para onde ir, pagava conscientemente o mal que fizera à família, trocando o envenenamento do marido de verdade pelo agiota do cais, mistura de cangaceiro com proxeneta, moambeiro e macumbeiro. Madames vinham visitá-lo pra saber o futuro ou solver imediatas necessidades do presente, empenhando jóias, palavra e o prestígio dos maridos. Vários políticos importantes o acalentavam durante uma legislatura inteira pelos trabalhos que fazia na época das eleições, mais crentes na fidelidade dos astros do que na dos eleitores, cujos votos compravam, apesar.

– É um escroto. Mas sabe viver. Num dia como este, se a casa não estiver cheia infelizmente o senhor vai gostar. Porque, além da comida, ele serve a mulher que tiver de plantão na semana: e ai dela se não agradar ao freguês que paga bem. Atualmente, manobra uma loura – como é que a gente diz? – da soçaite.

Gordo, bigode ralo e fino, impecavelmente barbeado e penteado, só poderia ser o dono quem abriu a porta, cheiroso de enjoativa loção.

– Pois, senhor Fulano, é um prazer. Entre, que a nossa casa é sua. Já o vi várias vezes no bar em que o Bermuda é garçom. Bom rapaz. Trabalhou comigo. Saiu daqui porque quis. Ofereci-lhe uma nota alta para ele liquidar um cabra, com todas as garantias antecipadas – seguro pra mulher e defesa jurídica contratada – e sabe vosmecê o que o puto fez? Me denunciou à polícia. Que mão-de-obra pra sair da embrulhada, seu compadre. Me encolhi e continuo me dando com ele, pelos fregueses que me indica. Não por gostar de mim, mas de medo. Nunca matei ninguém, acredite: se for preciso matar, porém, mando liquidar o sujeito por empreitada. Se tem interesse em liquidar alguém, saiba que estou às loucas ordens. E desde já agradeço a preferência.

Fulano, voz baixa, perplexo e temeroso:

– Muito obrigado. O que eu queria é descansar um pouco, se possível. Depois, talvez beber, talvez comer.

– Veio só ou quer companhia? Loura ou Morena?

– Vim sozinho. Cor não voga. Mas só vim mesmo para o que eu disse.

– Pois muito bem e... perfeitamente entendido. Mas, continuando: a loura a que me refiro não é mãe daquele rapaz que o senhor deixou com a filha do capitão na parte descoberta da área, na frente do bar. É uma senhora pra uso e consumo de cavalheiros como o senhor: casada em segundas núpcias com um cônsul de não sei onde, o que chegou, num grupo, soprando uma língua de sogra... não se lembra? Acho que na primeira madrugada que o senhor apareceu no Mercado. Ela sempre me pede que arranje pessoas com quem se distrair... de maneira que, se quiser, nada mais simples do que um telefonema. Não cobra nada, antes me paga e, pelo que sei de informação e intuição, não é material que se despreze. O filho é que não é lá essas coisas, como Sicrana poderá lhe informar: quando vê um uniforme militar adoece, até conseguir uma satisfação ativa da outra parte. Espero que não o esteja espantando: sou franco, vivido, e, por ser vivido, é que sou franco. Aliás, naquele dia ele veio apanhar a escurinha, que eu apelidei de Jambete e ela não gosta. Se quer alguma coisa dela, não a chame por esse nome. Quando o falso pai viaja, ela fica de arrumadeira na casa do cônsul, de quem é mais ou menos cria, evitando expor-se a uma curra maluca qualquer. Porque ela ainda é virgem. Aceita que a levem pra passear, aceita que lhe paguem isso ou aquilo para comer e beber, acolhe e trata de porrados, mas homem, pra colchão, recusa sistematicamente: é uma cínica.

Certa vez, tentei coxeá-la: gritou tanto que fui obrigado a lhe sapecar umas porradas. Daí por diante, sua moral é um punhado de lâminas de barbear que carrega no seio. Depois, fizemos as pazes. Atualmente, das mercadorias de mulher que importo – anáguas, perfume, fitas, sutiãs, calças, biquínis, vestidos ligeiros – ela é quem coloca pra mim, na base de trinta por cento. Muito viva, sempre pede além do preço marcado. O senhor não fala? De timidez ou chateação? Bem, vá descansar. Seu quarto é este, com banheiro. Quando quiser qualquer coisa, é só apertar o botão da campainha.

Sem dizer palavra, mas radiante pelos informes (muito mais perto das confissões dela do que dos arrancados de Bermuda e do Perneta), Fulano entrou, pediu algo para beber, fechou a porta, despiu-se e dormiu.

Ao primeiro bocejo de segunda-feira, uma ruiva de meia idade, quase bonita, completamente nua, ajoelhada à beira da cama, sugava-o com a lentidão, a delicadeza e o requinte de perfeita conhecedora. Abriu os olhos molemente e, não podendo identificar o lugar em que estava, esperou que a mulher terminasse, fingindo continuar dormindo. Depois, ela ergueu-se, espreguiçou-se, enrolou-se numa toalha, beijou-lhe a testa e puxou a porta, torcendo a chave por fora: docemente.

Em seguida, Fulano ficou contando os passos de salto alto, de ponteira metálica, martelando o corredor forrado de linóleo. Indo ou vindo, que importava agora? Sonho ou realidade, soletrou em tom capaz de ser ouvido sem escândalo: "Obrigado, Marina".

O patrão veio despertá-lo "profissionalmente", com desculpas e ademanes por fazê-lo àquela hora, quase meio-dia: tarde? Cedo? Mas, interessado em verificar a reação da "surpresa", não pudera conter-se.

– Dormiu bem? Tudo certo? Tive a idéia de ligar o ar refrigerado para que aproveitasse o mais ameno sono de sua vida, na estréia da casa deste seu servidor, aliás, nossa casa. Não sabe o bem que me fez, honrando a cama e o colchão em que repouso de minhas lutas diárias com esses estúpidos sujeitos que me aparecem aqui para comprar, vender ou pedir emprestado. Comprar pelo que avaliam, vender pelo preço que pretendem, tomar dinheiro a prazo comprido e garantia curta. Detesto o comércio de fominhas, incapazes de afrontar o menor risco. No entanto, viver é arriscar-se, não concorda? A vida é uma chantagem cronometrada e só quem não vive ignora isso, como a minha pobre mulher, por exemplo. Surda e entrevada, nem sabe o que acontece entre essas paredes, embora eu a poupe, informe e assista por todos os modos e meios, como compete a um cavalheiro, que me prezo de ser. Poderia "suicidá-la" não podia? Água fervendo e álcool com fósforo não "denunciam": são "acidentes". Meus negócios não interferem de jeito nenhum nos meus sentimentos particulares: coração quente, cabeça fria. Até onde posso julgar o que faço, me considero um justo. Disse *justo*. Só me vingo dos que estorvam meu caminho. Se não posso eliminá-los de saída, faço o serviço em gotas. Não crendo na sobrevivência, pra que acreditar no perdão? Ao contrário do filho de Marina, digo, Maria, proclamo e afirmo: meu reino é deste mundo, e meu mundo é o cais. Nunca fiz curso de coisa nenhuma, e sei mais do que muitos doutores que me freqüentam de ... joelhos. Falei de *joelhos*. Trabalho com o "astral" e a cabeça que ele manobra, como a lua domina as marés, as épocas das regras e o tempo dos plantios. Minha biblioteca são minhas viagens. Com cinqüenta anos de idade, tenho mais dinheiro que o governador, não canto mulheres e uso as que eu quero: sem sair de casa. Compreendeu? Eu disse: *sem sair de casa*. Estamos no Carnaval desde dezembro. Há quem goste de Carnaval e há quem, aproveitando os três dias convencionais, se mete num convento. A essa fuga da verdadeira vida de três dias chamam de retiro espiritual. Como sou experimentdor de coisas, mais moço fiz um dos tais, me enfiando num mosteiro. Éramos vinte internados, obedientes aos exercícios piedosos e à frugalidade da bóia. Pois enquanto eles faziam exame de consciência, eu metia. Comi duas freiras, o prior e quatro ou cinco retirantes, loucos pra que a aventura lhes ocorresse. Tive um trabalho danado pra me livrar *delas*, em seguida. Me propunham interesse em negócios sujos – que não faço – me ofereciam as próprias mulheres. Por fim, fui cair nas garras de uma que não era livre, e justamente por essa é que me danei. Uma coitada, incapaz do menor rendimento, embora respondesse ao meu. Confundi uma coisa com outra, quando ela apenas ricocheteava o que eu lhe dava, e, portanto, devolvendo, do meu ardor e força, só uma terça parte. Falei *uma terça parte*. Estou incomodando?

– Absolutamente.

– Ontem, pelas tantas, me aparece a ruça, que é de Carnaval mas não é de retiro, no intervalo em que a besta consular roncava de porre entre vagabundos e vagabundas do Mercado. Ela *precisava* de vitaminas... mas eu não quis servi-la, que não sou trouxa. O homem é importante e dá as cartas. Imagine se ela cisma comigo. Já imaginou o perigo? Como não sou o leviano que pareço, falando muito, quase não falo nada – e ela sabe disso –, arreglei uma *ostra* improvisada pra madame, a troco de duas caixas de escote. Não discutiu e foi-se satisfeitíssima (o filho esperando embaixo, pra manter as aparências), metida no seu longo de rainha no dia da pátria. Viria de uma recepção internacional. Veja o senhor que coisa: tendo tudo em casa, larga a casa por um baile, e um baile, que custa os tubos em toalete e adereços, *por uma ostra de entrada e uma frigideira de siri como saída*. Esse gosto da variedade, que também carrego e não nego, só pode ter um nome: masoquismo. Meu caso, por exemplo:

sofro de úlcera, não devo comer feijoada mas como feijoada. Encurto a vida?, dirá. Encomprido o gosto, direi. Bem: já falei demais. Se quiser o barbeador é só abrir o armário de espelho da pia. Vou dar um giro por aí, pra ver as modas. Quando o movimento cai aqui é porque está aumentando lá fora.

Sufocado, aventurou:

– De qualquer modo, quanto lhe devo? Quero fazer a barba antes de sair, e quitar tudo, antes que o senhor saia.

– Amigo, você não deve nada. Ficando ou saindo, você não deve nada, está tudo pago. Falei pago. Se eu fosse você, voltaria amanhã... e sempre. Repito: a casa é sua. Depois, sou apenas um mascate tagarela, metido a hospedeiro de grã-finos discretos: porque, saiba, não dou "abrigo" a qualquer um.

Sujeito ao imprevisível conseqüente da função

À entrada do consulado, além da bandeira a meio pau ("que importante teria morrido?"), guardas carabineiros. Identificou-se, deixou-se revistar (nunca se armara com um canivete) e tocou a campainha de serviço no final do corredor, como lhe foi indicado. Esperou. Uma mulher de metro e meio veio atendê-lo. Falava com terrível sotaque e rescendia a arenque por todos os poros. Não se puderam entender, apesar dos sorrisos e mímicas esperantistas. Então a miniatura foi chamar alguém, e o alguém que veio, quase uma hora depois, era Sicrana.

Fulano foi direto ao seco:

– Se o Mudo já voltou, por que está aqui?

– Quem disse que ele voltou?

– Bermuda.

– Que que ele sabe de minha vida, de minha vida com o pai?

— O suficiente para ter-me dado seu novo endereço.

— Ele?

— Ele.

— O senhor é meu dono? Não. Marido, amante, tio ao menos? O fato de tê-lo tolerado não é nada: não é o primeiro que aceito em condições iguais. Também nada significam os presentes que me mandou. Faça o favor de dar o fora, meu caro, se não quiser que eu chame a polícia.

Cabeça baixa, Fulano foi-se de rabo entre as pernas.

Estava tão azarado nesse dia que ao sair já não era a mesma a ronda que lhe permitira entrar. Então, além de apalpado e documentado de novo, teve de explicar o motivo da insólita visita à "sobrinha" (sugestão dela), a quem teria vindo buscar para assistir ao corso dos "enxutos". O chefe da patrulha não acreditou na conversa, retendo-o até que um deles fosse averiguar o alegado, ouvindo a "parenta".

A diligência já durava, quando providencialmente o Louro chegou fantasiado de cupido: com asas, meia peruca, arco flecha e aljava. Excitadíssimo à suposição de que Fulano tivesse vindo à sua procura, num relâmpago resolveu o assunto com os carabineiros, empurrando o seu apavorado constituinte para dentro do táxi que o aguardava.

O apartamento estava tapetado de confetes e trançado de varais de serpentinas que, balançando-se no ar, uniam todas as peças do *estúdio B*. Não morava ali: claro. O refúgio, sucursal de seu endereço verdadeiro, existia para receber os íntimos com a devida e necessária liberdade.

Havia pouco, despedira mais de dez jovens que se embriagavam, cantavam, faziam esportes e outras coisas, desde a véspera. Fora a casa buscar dinheiro: não via os parentes há muito tempo e esperava, a qualquer momento, a emersão da mãe ou do padrasto mergulhados na farra.

Fez menção de erguer-se. O Louro reagiu:

– Espere. Vamos conversar.

Com o desembaraço que o álcool sanciona, trouxe três copos, saudando o circunstancial visitante nestes termos:

– À saúde do *pai*, do espírito santo e do filho: amém.

Temeroso do que pudesse vir, Fulano pretextou necessidade de ir lá fora.

– Use o balde de gelo, não faz mal.

– Para o que eu preciso fazer, faz.

Bêbedo, o Louro encheu a sala de estrondosa gargalhada.

A porta de serviço estava aberta, o elevador parado.

Desceu pela escada, satisfeito por poder livrar-se do *forçado uso do que sobe e desce*, sujeito ao imprevisível conseqüente da função.

Para ir ao encontro marcado com Beltrano

Ao chegar, deu com a proprietária refestelada na poltrona da copa folheando uma clandestina revista de nudismo. Vestia um *baby-doll* e trescalava a qualquer coisa entre perfume e ranço: como a demonstradora de produtos de beleza que, passando o dia a pincelar dedos, braços, cílios, sombrancelhas e lóbulos de orelha, à noite chega à pensão fedendo mais do que esprei inseticida.

Pelo ruído lá dentro, alguém estaria usando seu chuveiro, banho que teria que pagar no fim do mês de acordo com o consumo que *seu* aquecedor de gás registrava. De maneira que o suposto privilégio do banheiro exclusivo, que lhe fôra prometido, não passava de uma planejada chantagem, se outro, outros dispunham de *sua* chave.

Vai daí, começou a discussão, que ele gostaria de ter evitado:

— Se não aparece nem pra se lavar, saiba que os outros usam água e sabão... e a ducha comum está em conserto há mais de mês: não tem direito de reclamar.

— Não é bem isso.

— Se não é isso, deve-se pensar na sua falta de higiene, equivalente à do desencarnado, que belzebu tenha e retenha no inferno, onde as bicas frias, se existem, não podem prevalecer contra a água fervente das caldeiras eternas.

— Não é bem isso.

— Então são horas de um homem de cabelos brancos chegar da rua, às três da manhã? O Inventor e o Viajante dormem desde as sete de ontem. Somente o pobre Arquiteto ficou trabalhando até há pouco – o que é mais do que louvável num rapaz da idade dele – na pesquisa da fórmula que desmoralizará a resistência de quaisquer cofres de segredo. Falo por experiência, pois a gazua dele é o maior descobrimento do século: saiba.

— Acredito.

— Se o senhor não quer compreender que sou a dona do dormitório, a que paga impostos e taxas, sem falar dos honorários de advogado para a obtenção de um seguro, que me recusam, e das custas de um inventário que dura mais de quinze anos, vá pro diabo, meu destoante hóspede. Quando me apresentam contas quitadas, do que não paguei, de onde vem o dinheiro correspondente? Pensa que vou lhe dizer de onde?

— Mas não é bem isso.

— Vá-se embora, por favor, antes que o banhista saia e me encontre aqui, em trajes menores, na presença de um estranho por quem não me interesso, nunca me interessei e jamais me interessaria. Calcula que idade tenho por dentro? Dezenove: mais moça do que Marina, que morreu num desastroso aborto que eu, mãe e igual, patrocinei. E ele, o meu amigo, ainda não fez trinta. Advirto-lhe que repilo e proibo sua intromissão na minha área. Apesar do auxílio que me prestou na noite da reunião natalícia, não gosto de seu proceder. Nem de sua cara. Jeito e cara que me recordam certa pessoa que sempre detestei.

— Vou arrumar a mala.

— Não é bem isso, agora digo eu. Primeiro, porque não tem mala e é cedo pra comprar uma. Segundo, porque leve censura, para o bem de sua saúde moral, não é demissão.

— Que que é, então?

— É que pretendo defender nosso futuro, dele e meu, e o senhor, impaciente por um banho sem motivo, vem ameaçá-lo. Quer ficar limpo pra deitar com quem? E quem teria tanta coragem?

Porque a sua invisibilidade não funcionava para Fulana e agora também para o Arquiteto, depois que este lhe tocou o sexo, foi na qualidade de corpo físico que ficou aguardando a entrada do casal no quarto que fôra *seu*.

Viu que beberam champanha e ouviu que cochichavam, barganhando brindes e bagos de cereja, de boca a boca. Viu que ele a tomou no colo (estavam nus) na certa beliscando-a em partes sabidas e determinadas: pelos gritinhos epitalâmicos que a coroa, cada vez mais rejuvenescida para o amante, deixava escapar, de mistura com estalidos de chupões (presumivelmente babados) de alvoroçada noviça.

No quarto logo se jogaram no colchão de molas, tal qual o duo trapezista se lança à rede que o aguarda após o salto, cujos riscos mortais os tambores das charangas de circo acentuam: pra retesar nervos, torcer mão e mover traseiros nas arquibancadas.

Como poderia imaginar o que fariam depois, se não pôde suportar o que faziam preliminarmente e o buraco da fechadura era o visor de um caleidoscópio sem espelhos?

"Bem: se o Arquiteto é mais moço do que Fulana, e eu sou mais idoso do que Sicrana, a negaça, que eu suponho provir dela, reduz-se ao mau uso da coleção de *chaves* de que disponho."

Desistiu do banho da discórdia e deitou-se, em condições de já poder testemunhar algo sobre os inumeráveis empregos da gazua.

Dormiu um sono sem estremunhos até as treze horas do dia seguinte: para ir ao encontro marcado com Beltrano.

Me entendendo ou não

Nem os inumeráveis atendimentos de bombeiros e salva-vidas praianos, nem mortos por insolação, afogamentos e intoxicação, desaparecimentos de mulheres e crianças, tiroteios, engalfinhamentos de vedetes contra a decisão do júri estadual de fantasias, porres espetaculares, prisões injustas e massacre cavalariano de assistentes anônimos do espetáculo de mofino erotismo, brigas de compositores preteridos pelos presidentes de clubes, protestos das escolas de samba contra a insignificância dos prêmios dos desfiles, perda de empregos, fome, desabamentos nas favelas... demissão de maridos e mulheres, defloramentos de menores e maiores, assaltos a bancos... velocípedes, alianças, vestidos de noiva empenhados na Caixa Econômica: todo o clássico e histórico rescaldo do Carnaval, nada disso para ele valia a notícia que, entre anúncios de toalhas higiênicas, as folhas de

Quarta-Feira de Cinzas publicavam: encontraram o Perneta numa poça de sangue, cercado de apólices da dívida pública e de quatro tocos de velas a guarnecer-lhe o retângulo da sepultura inexistente, mas real.

Seis dias depois, era intimado a comparecer à polícia.

Foi carregado de documentos, fiadores morais (Beltrano à frente) e advogados. Absolutamente atônito, mas foi: entupido de conjeturas desconexas e lista de frágeis álibis.

É que o bicheiro, com a misteriosa vida agora escancarada, não era apenas o desprezível agiota e locador de colchões à minuta, que todos conheciam. Quando jovem, no interior, chegou a advogar com certo brilho, abandonando tudo, a carreira e o resto, na época da desencarnação da esposa que, por tê-lo surpreendido debaixo de um carapina a domicílio, preferiu a morte à onerosa carga do que viu, calou, mas não esqueceu nem perdoou: durante anos de camas separadas.

Após o escândalo, mudou de nome e cidade, enfrentando o pior para sobreviver no castigo a que se impôs, inconscientemente: da falta de comida à falta de higiene, da falta de higiene à falta de companhia feminina, mesmo como isca do macho sonhado que, tímida e discretamente, vinha perseguindo desde a adolescência.

Aliás, o caderno encontrado pelos investigadores, entre amarelecidos recortes de jornal, explicava o que dúbio relatório das autoridades provincianas baralhava, na base dos depoimentos verbais de antigos, caducos ou desmemoriados habitantes do município.

Nas páginas finais do libreto, datadas de trinta anos, estavam registrados os recentes encontros dele com três pessoas, entre as quais Fulano, que o surpreendera orando pelo aparecimento do Esperado "que ele – Fulano – não era nem foi".

Apegou-se imediatamente ao não *tendo sido* para apagar as suspeitas que o enrodilhavam, embora admitisse, sem vacilar, ter mantido longo "contato astral" com o assassinado antes do crime.

– Onde esteve depois do *contato*?

– Primeiro, no consulado, como já disse. De lá fui, levado pelo Louro, ao apartamento dele, do qual escapuli, seguindo para o Mercado, como já disse. Aí rodei um pouco, até arranjar um quarto de pensão. Cansado, dormi até segunda-feira, quando fui diretamente pra casa. Um momento: na pensão, recebi a visita de uma mulher que desconheço. Batizei-a por minha conta. Pode ser que eu tenha sonhado, mas a mulher usava uma cabeleira de cenoura ou açafrão. Em casa, discuti um pouco com a senhoria, minha mulher, e fui *dormir* com *duas* outras: Sicrana e Marina.

– Endereço das pessoas citadas. Sua mulher lhe cobra aluguel?

– Cobra, todos cobram. Da pensão sei, do dono não. Do Louro sei, da Ruça não. De Sicrana sei, da vendedora de angu não. Do chofer que me transportou, não. O meu endereço são dois, digo, três: fábrica de roupas, Mercado e minha casa.

– Nomes de ruas.

– Do Mercado não sei, porque todo mundo sabe. Da chapelaria e de casa, sei. Do Louro, que tem o dom da ubiqüidade, só sei o do consulado.

– Horas em que esteve com tais pessoas, em tais lugares.

– O senhor há de compreender que, no vatapá carnavalesco, ninguém se preocupa com o espaço e o tempo.

– Muito bem. Se precisar, convocarei o cavalheiro de novo.

Beltrano, os idôneos atestantes de conduta e os advogados cercaram o Comissário.

À parte, Fulano se desidratava numa sauna seca.

Terminados o depoimento pessoal e a conferência especial, levou-os a todos para um trago de honra no *Berlim-Livre*. Não fez uma pergunta aos "solidários" que, durante o trajeto trocando anedotas às gargalhadas, deviam ter deixado a Delegacia certos de que toda a encrenca teria acabado ali.

Palavras de despedida do comissário:

– Normal, ele não me parece, mesmo que tenha bebido: como parece. Mas nem todo anormal é criminoso.

Bem-aventurados e pecadores não se revelam pelas caras, pelo que dizem nem às vezes pelo que fazem. Não houve uma guerra chamada santa? Não fizeram inquisições e mártires para que o sangue do semelhante jorrasse em nome de pias intenções? Assim como o melhor da fruta não é a casca, a grande arte (por exemplo, desossar e escalpelar o frango sem deformá-lo) é saber separar o caroço da polpa. Ou como dizia o onisciente Leonardo: os moluscos têm os ossos por fora. Podem ir-se tranqüilos, meus caros senhores: me entendendo ou não.

Requerido ao céu no momento exato

Pesquisando o assassínio, a polícia acabou convencida de que o cortiço era – ou teria sido – o quartel de uma cadeia de crimes cometidos pelo país inteiro, entre os quais muitos considerados insolúveis. No terceiro andar, sempre fechado (depuseram os moradores dos demais), duas fieiras de quartos guarnecidos de carteiras, quadros e mapas, como em salas de colégio, se intercomunicavam por um sistema de botões de sinalização que ia terminar na última peça. Nesta havia possante rádio-telégrafo, cofres de proporções gigantescas, duas lunetas montadas sobre tripés, arquivos de aço e intrigante escada circular de acesso ao teto. No sótão, misteriosas fiações coloridas e antenas de "n" unidades receptoras. Os batimentos morse, antigamente percebidos, explicavam-se: para uns, à conta da nação de gambás (caça e regalo dos que prefiriam, ao abundante pescado sem preço, a "verdadeira" carne de galinha), ali instalada desde o Dilúvio. Para outros, seriam sons subterrâneos dos tamborins das almas dos escravos, todas as noites festejando o dia da redentora desencarnação.

Que mãos manipulariam os engenhos? Conclusão dos peritos: "anônimas: dedos de espiões não deixam rastros datiloscópicos, embora alguns possam, em fuga, largar ferramentas, como no caso". Assim é que nada foi encontrado nos arquivos, gavetas e armários cheios de poeira, ninhos de ratos e baratas.

Tateando no sinuoso beco do pode-ser-que-seja-pode-ser-que-não, as autoridades saltaram o túmulo do Perneta e rumaram para outros cais. Só não descuidaram de deixar três agentes de plantão, em revezamento cronometrado, dia e noite, chovesse ou fizesse sol, na ronda do pardieiro cabuloso: "quem sai se identifica; quem entra se identifica". Muitos residentes, que puderam ser ouvidos, nem conheciam de vista o assassinado. Vários marujos, enfermeiras e arrumadeiras de bordo, embarcados *antes*, foram salvos à revelia mediante certidão da Capitania dos Portos. Despejo coletivo, demolição da podre carcaça pedindo sepultura? Uma ignomínia, com essa crise atual de habitação, trabalho e falta de crus e cozidos de boca. Mais: "fornecer pretexto à imprensa para hostilizar o poder é esculhambar a ordem constituída, cuja defesa a nós compete".

O quarto do morto estava interditado oficialmente desde a retirada do corpo para os aprestos do sepultamento legal.

Foi quando um fato novo, surpreendentemente, forçou a revogação das providências tomadas de início.

Deu-se que, numa noite de tempestade, desafiando o vento, raios e granizos, um sujeito apareceu – calção de banho – tentando forçar a porta do fojo que se despeja no pátio. Aí, ai, ai. O vigia (agachado sob a coberta de latas, onde ferviam mariscos nos dias de chuva ou insolação) apalpou o quarenta e cinco na cinta e partiu pra cima dele:

– Que que há, irmão?
– Vim tomar algum emprestado.
– A essa hora, com esse tempo?
– E há hora pra precisão de dinheiro? Vem de repente, irmão, sem avisar. Ele deve estar dormindo, mas somos tão íntimos que ele me deu a chave.

Sacou a chave do bolsinho da cueca de lona e pôs-se a verrumá-la, iluminado de relâmpagos. Imóvel, o guarda fiscalizava o trabalho que poderia, se quisesse, auxiliar com a lâmpada de mão. Auxiliar ou impedir.

– Veja só: quebrei a chave. E a mulher me esperando em casa pra parir. Não tenho um níquel pra levá-la ao hospital, ao menos pra pegar uma parteira aqui da zona. O senhor entende dessas coisas?
– Que coisas?
– Dar à luz, negar a luz?

– Não.

Calaram-se.

Depois ambos, ao mesmo tempo e com a mesma nitidez ouviram, apesar dos trovões, pungentes lamentos vindos do porão. Não se tinham visto as caras, nem dos hiatos da tormenta. Nessa altura, pela primeira vez usando a lanterna, o vigia pôde visar a face do visitante: era uma placa óssea esverdeada (arfante, o esbirro deporá isso depois) com buracos nos lugares dos olhos, da boca e do nariz. Sem ser uma caveira – assegurou – não tinha orelhas nem cabelos.

Terminado o relatório ao Chefe, desmaiou.

No dia seguinte, todo um cardume de alcagüetes e tiras invadia o porto; primeiro, o pátio; depois, acompanhado de fotógrafos, repórteres, pais de santo, médiuns, presidentes de agremiações literárias, umbandistas, centros espíritas, capitães de times de futebol, correspondentes da imprensa estrangeira, pessoal da tevê, do rádio... fazendo uma alaúza de passeata de protesto: na hipótese, contra o *absurdo sobrenatural*.

Formalizando-se, o delegado – que havia esquecido a chave do cômodo no paletó do pijama – ordenou:

– Arrombem.

Muitas pessoas se feriram na atropelada violação da fossa lacrada, fedendo a estrume, esperma, mofo, maresia ou carniça: cada nariz, cada cheiro pra cada membro do assalto ao espólio inda não inventariado.

Os colecionadores disputavam por uma caixa de fósforos da primeira República, dando tempo ao mercador de quadros para ir desaparafusando o tapume forrado de "nus artísticos".

Nada de especial na segunda busca: no entanto, inexplicavelmente encontraram em cima do catre, como se aí tivesse sido colocada há segundos, uma lista ensebada com os nomes dos mutuários, aos quais o falecido emprestaria, emprestava ou havia emprestado a juros variáveis: de cinco a vinte e cinco por cento (segundo a importância social dos deficitários em aflição), mediante títulos sem as datas, que vinham, em suprimento, meticulosamente anotadas no borrador adiante escavado na caixa de descarga da latrina.

Mais de quarenta novos indivíduos a ser investigados, pra esticar e tumultuar todo o trabalho feito até ali. Eis porque, da espionagem à sacanagem (o Perneta morreu da hemorragia provocada pelo chopo que lhe teriam enfiado ânus adentro) o bom delegado, genuino irmão, só tinha uma coisa a fazer e foi o que fez: demitiu-se do cargo, da missão e da vida, graças ao acidente cardíaco, que se diria por ele requerido ao céu no momento exato.

Se entreolharam, estupefatos

Uma liga do tipo sonhado por ambos teria que ser de especial natureza aberta. Não deveria ser registrada civil e legalmente, como pensaram de início, nem proclamada, como erroneamente supuseram, fazendo sair ridículas convocações nos jornais. Sem fins lucrativos, sua aparente clandestinidade é que lhe conferia corpo e alma... entendesse quem pudesse.

Decidiram que os dois, e os irmãos que viessem se chegando, fossem aliciando *prosélitos natos*, na base de um tácito contrato moral, sem juramentos – como os maçons juram – e sem rituais, como todas as religiões e seitas. Não seria, pois, um ajuntamento convencional, com exigências pessoais para a admissão de membros: como a própria sociedade humana que, por apoiar-se em papéis (ninguém acredita na palavra de ninguém), com isso apenas propicia escamoteações do real, fomentando o mito.

Ninguém precisaria de conhecer ninguém, nem os dois iluminados a cada um, para que o edifício-sede que construiriam – cabeça sobre cabeça, coração sobre coração – chegasse um dia a abrigar todos os domiciliados na Terra. Também não haveria obrigatoriedade de contribuições ou de assembléias gerais ou extraordinárias para decidir sobre isso ou aquilo. Seria uma empresa sem cotas ou ações, estabelecida por afinidades de seres com seres descomprometidos, comunhão de pensamentos e livres regras de ações, que cada qual se outorgaria, sem a decretação de um ponto de vista codificado por ambos para impô-lo aos demais. Eles mesmos não *fundavam*: constatavam a Lei, e se dispunham a segui-la sem forçar pessoa a fazer o mesmo. Porque, se a religião é uma sociedade, uma sociedade não é, necessariamente, uma religião. Se assim fosse, teriam de cair nos testes e na estatística, manobras cientificistas a serviço do poder organizado (na realidade, ninguém pode), meros instrumentos de pressão (entre outros) a fuxicar no caos dos interesses subalternos que, mediante artimanhas sucessórias, duram além da existência cronológica do chamado rei da criação. Que não é rei e não cria coisíssima nenhuma. Ora, teste é a averigüação de conhecimentos e tendências (os primeiros advindos de ignoradas virtualidades das segundas), de acordo com um índice de perguntas e respostas previamente tidas como infalíveis por quem as concebeu, sem dar a menor confiança às peculiaridades do testado: raça de que deriva, clima que suporta, meio em que vive, classe a que pertence, trabalho a que se dedica, comida com que se nutre e marca do sangue que carrega nas veias. Os médicos nasceram antes da medicina e os aviadores, antes dos aviões.

Beltrano, de novo com a palavra, reforçando o considerado:

– Se eu estabeleço o correto de cada resposta à pergunta que eu próprio formulei – segundo meu estilo de vida, quer dizer, minha natureza física, modificável aos impactos do que vou aprendendo, aprimorando ou ratificando... ou minha natureza metafísica, que não palpo nem sei para onde vai, nem de onde veio, nem por quem é regida – eu sou, simplesmente, um ditador travestido de psicólogo. Ao projetar-me (a meu jeito e modo), no duplo mistério do mundo de cada qual: projeção que reduzo a *pontos*, coincidentes ou não com os meus. Claro que só aprovarei os coincidentes.

Entusiasmava-se com a própria voz:

– Quanto à estatística, não passa da manipulação manual, ou mecânica, de dados que reduzo a números, alinhados de tal modo que, com eles, provarei o que eu quiser, ao eliminar os riscos e as certezas do acaso. A coleta dos dados é feita na base da confiança (não estou testando os coletores, homens como eu) mas a análise combinatória, que saco daí, garanto que é *a verdade*, mas *a minha verdade*. Tive um amigo linotipista que, encarregado de compor os horóscopos diários de um vespertino, divertia-se em baralhá-los. Muita gente faz bons negócios seguindo as previsões do período, e outros deixaram de fazê-los pelo mesmo motivo. Como no fundo de todo homem há uma vital necessidade de crer (pra início de conversa, tenho que acreditar em mim, que *sou*, que existo... relativa certeza que a pobre memória me concede, pois que me deito e levanto debaixo do sol, que mede o que faço, falo e penso no intervalo), todos os demais terão necessariamente que se adaptar à pressão subliminar dos resultados da minha tabela, que forneço e apregoo para que vejam e sintam matematicamente como as coisas caminham. Fixo os números apurados, não a sua mutabilidade superveniente (não posso impedir a marcha do tempo até que meus cálculos e conclusões se confirmem) a que não ligo, esquecendo de que os homens às vezes pela mentira *fundam a verdade na hora de verificar o previsto... e só pra contrariar.* Ora, porque combino sinais, síndromes de enfermidade, tal melange não significa que meu diagnóstico final tenha sido estruturado em bases infalíveis. Por confiar em aparelhos, já confundi hipertensos com hipotensos, desprezando os avisos clínicos que poderiam me dar uma aproximação da verdade... se eu não fosse mais ou menos surdo e não me tremessem tanto as mãos. Apesar disso, orgulhosamente costumo não me afastar uma polegada da receita que ordeno: defeito que venho corrigindo aos poucos. Se a safra de alimentos não foi a que previ... se as geadas me queimaram o cafezal... se as vacas entraram em greve de aftosa quando mais se carecia de leite... azar dos que comem e bebem. As calamidades são imprevisíveis: terremotos, maremotos, pragas, epidemias, incêndios, inundações, fracassos das equipes esportivas, suicídios por amor, assaltos ao meio-dia, chifres, escassez de entradas de divisas... mas que é que eu, estatístico, tenho com isso? Não se entrosaram comigo os serviços auxiliares, coletores de dados. A máquina eletrônica apuradora deve ter tido um enguiço... essa falta de energia constante é o diabo, como a gente pode trabalhar num país como este? Eis porque a única atitude que poderei tomar é ir à tevê com uma batuta na mão e explicar, diante da tela negra quadriculada, que – *se meus números estão certíssimos* – as deduções do entendimento público é que estão erradas. Se comi, bebi, e amei, às pampas, o ano inteiro, por que não fizeram o mesmo? O rendimento nacional por cabeça permite uma vida folgada para todos: desde o dia em que, honrosamente, me confiaram a responsabilidade da *pasta* que carrego debaixo do sovaco. Como não há dinheiro? Se os restaurantes e boates regurgitam, se as churrascarias viram dia e noite, se o número de veículos e de assaltos bancários cresceu (não se furta o inexistente) do ano passado pra cá, se houve menor número de falências comerciais e familiais, se aumentou o número das prostitutas e o desfile de ricas fantasias carnavalescas, se os suicídios por dificuldades diminuíram de um por cento em dez anos, se boticas de luxo pipocam por aí com os abortos a vinte mil pratas novas, se as casas de jóias abrem filiais a torto e a direito... e os títulos protestados, hoje, se resgatam mais nas camas do que nos cartórios?

Testa indo e vindo num balanço igual, aprovava o confuso discurso do amigo com a mais paquidérmica humildade: primeiro, a gente engole: depois, rumina.

O fato é que, prosseguindo a conversa sobre o mesmo tema e variações afins, de raciocínio em raciocínio chegaram à conclusão (cautelosamente provisória) de que os dois primeiros corretores da *coisa* só abordassem os que, ante uma situação proposta (sempre figurada), começassem assim: "se eu fosse você... bem ... procederia assim e assado". Aparente maneira de dizer, altamente significativa para um inicial toque fraterno. Desse ponto, delator de um tipo mental muito conhecido, deveriam partir, alargando-o até as últimas conseqüências. Que replicariam a tal ou qual fariseu, para isolá-lo de qualquer contato além de um cumprimento verbal?

Beltrano, outra vez:

– Certo da irrecuperabilidade do sujeito, replicaria o seguinte: meu caro, peço-lhe perdão por não ser como você. Se o prezado fosse eu, quem eu seria? Não direi entretanto que eu esteja satisfeito por ser o que sou, quem sou. Mas se o ilustre admite a hipótese de ser eu para agir em determinado momento, isso prova que reprova o que sou: o que sou e o que faço. É um direito seu. Mas, desculpe, um estranho direito que me nega a liberdade de escolher e decidir por mim. Ora, bolas: só há responsabilidade dentro da liberdade. Quando a lei dos homens diz que isto não pode ser, ela me exonera da culpa... não me responsabilizando, desde que eu a cumpra, entendeu? Mas ao mesmo tempo me nega a liberdade de ser eu. Obedecendo-a, eu sou ela. E, por ser ela, é que não tenho culpa: isto é, porque não *sou* mais. O caso é que o prezado, pretendendo ser eu, me critica e condena. Mas por que me criticar ou condenar? Somente porque não sou você? Isso significa que o amigo, além de confundir a liberdade de todos, e a de cada um, com a *infalibilidade particular*, gostaria mesmo é de dominar a mim e o mundo. Passe bem.

Apesar de terem jurado manter-se sóbrios, enquanto discutem o *assunto* salvador, berraram (acionados por um botão de arranque comum), com palavras idênticas, iguais aberturas de boca e tom de voz:
– Boche. Meia dúzia de champanha antigermânica, pra três.
O alemão trouxe os baldes de gelo, garrafas francesas e taças. Sentou-se à mesa, suarento e sorridente, mobilizando seis garçons para servi-los.

Tossiu, alisando a toalha e baixando a cabeça:

– Mas boche é a mãe dos dois. Sou eu somente e, *sendo eu, sou anônimo, plural e único.*

Deslumbrados com o que acabavam de ouvir, Beltrano e Fulano se entreolharam, estupefatos.

Sorridentes
e auto-satisfeitos imbecis

De Fulano a Beltrano, que o esperava havia mais de duas horas:

– Venho de *lá*, desculpe o atraso. Ouça: fui acareado com mais de dez tipos bizarros (primeiro magote), de cujos nomes nunca ouvi falar. Mas os beleguins achavam, acharam – e creio que continuam achando – que eu deveria e devo reconhecer a tropa, na qualidade de "participante da clientela especial da vítima". Ora, mesmo que eu lhes soubesse os nomes e as caras, não os *saberia* por dentro. Se eu quisesse agradar ao novo Delegado, poderia pedir-lhe a lista dos suspeitos, fazer o levantamento numerológico dos nomes e ali mesmo interpretar o arcano de cada um. Depois da triagem psicoastral dos sujeitos, o inqué-rito poderia ser encerrado. Tudo isso você sabe. Mas por que colaborar com tão impermeável cavalgadura, que me recebeu latindo, só porque tive o azar de não acertar meu relógio com o dele, aliás, de marca mais conceituada que o meu? Apesar de tudo, minha impressão é a de que nada será apurado contra mim, se nada fiz, nem por omissão, para estimular o crime ou favorecer o criminoso.

Beltrano tirou os óculos e, voz pausada:

– Teoricamente exato. O diabo é que o certo, pra eles, *deles*, se resume no *alegado e provado*. Daí os chamados erros judiciários, mais freqüentes do que você pode imaginar: surdas tragédias que o Estado considera ninharias, indenizando "a inocente vítima", quando indeniza, com papel pintado sem cotação na Bolsa. Se qualquer língua rota pode alegar, um pacote de notas de Banco pode provar. Alegações, testemunhos e documentos são coisas que se compram à toa, em quaisquer mercados do mundo. Com dinheiro na mão (não entendo por que só com dinheiro, se há valores mais altos, embora de curso menor, por falta de consumo), você poderá reprovar, com o endosso de notáveis venais, que o sol gira em torno da Terra. Não obstante, é bom acrescentar – as fotografias que os astronautas trazem do cosmos, em nome do fantástico (mas irreal) poder do número: e número é o antinatural erigido em critério de certeza. Se há ciências ditas exatas, isto significa que também as há inexatas, é ou não é? Por exemplo: o direito, cuja relação com o dever é igual. O dever, à força da força, não modifica o direito? Por isso, o crime aqui não é crime lá.

A criminologia é um ramo jurídico: científico? Mas crime é o que o *rei* decretar. Davi não foi preso por mandar matar Urias, nem Betsabeba lapidada por cornear o hitita. Umas ciências chegaram a dominar certos aspectos da natureza – por acaso ou pela observação milenar da essência, antônimo de existência – mas outras não curam uma dor de corno, um enfizema tabágico, a gripe do homem que transporta o vírus pras estrelas: não prevêem as relações emocionais reflexas de um coração transplantado... as repercussões de uma sentença judicial, nem os caminhos dos que procuram a paz no crime: *do furto de uma galinha ao estupro de uma menina em flor.* Só Deus dispensa provas: a justiça as fabrica. Se é da regra do jogo processual que a responsabilidade da produção da prova toque à parte que afirma, conclui-se o interesse da polícia em trancafiar o primeiro distraído que tenha dito o que ela quer ouvir. Creia: meu temor é que você de testemunha passe a ser incriminado, como sempre acontece. Por isso, lhe digo agora: abra o olho e o cofre enquanto é cedo. Pelo que apurei, através da indiscrição inconsciente de um funcionário da polícia, que se deita no meu canapé de analista duas vezes por semana, há – pelo menos – três mulheres de homens importantes sendo investigadas no caso. Suponhamos que *uma*, de quem você não se recorde, mas seja casualmente detentor de um segredo dela, decida castigá-lo pelo *crime* que ela cometeu, voluntariamente ou premida por um súbito apetite, digamos latente... do *vezo* infantil de mamar, entende? Saiba que, com o concurso dos *orifícios* da porca matéria, habilmente combinados, mais uma carteira que se abra no momento oportuno (do marido, do amante ou da própria), malgrado o protesto da boca judiciária e a solenidade dos arestos dos egrégios tribunais do mundo, somente as damas esfarrapadas (sem jóias, dentes, sapatos e banheiro em casa) não conseguem escapar das folhas dos autos, da identificação datiloscópica, das porradas dos cassetetes e das grades "reformatórias".

Pigarreou:

– Não é um discurso: é uma advertência dos bons espíritos, que recebo e transmito, na condição de amigo e colega de tarefa. Compreende?

– Não.

– De conformidade com os postulados da filosofia oriental *do que corre*... porque *ocorre* (percebe?), realmente não é fácil. Os ventos e as chuvas modelam as pedras, dando-lhes formas animais. As águas fabricam os seixos, seios e nádegas, redemoinhos dos rios, onde os peixes proliferam sem pecar na carne, pela carne. No intervalo, os homens esbanjam os dias na disputa de títulos honoríficos, cargos e posições, digerem o fígado, o baço, os rins... perfuram os pulmões e os intestinos, alimentam o câncer geral, esclerosam as veias, engrossam o sangue, que entope o coração e o cérebro, ao mesmo tempo em que, devagarinho, vão enforcando as almas nos pênis que a idade reduz a uma polegada, sendo, por isso, muitas vezes obrigados a recorrer ao suicídio pra apressar o fim de seus tormentos. Compreende, afinal, a indigente parábola?

– Ainda não.

– Nesse caso, vamos mudar de conversa: e cuidar de coisa mais compatível com o tempo de duração de nossa estada neste rolante depósito de sorridentes e auto-satisfeitos imbecis.

Futuro que não temia mais

– Pessoalmente detesto paisanos, o que não percebeu quando o livrei dos carabineiros. *Pensou que eu queria o que pensou que eu quisesse?* Muito antes, mamãe me havia dito que o senhor seria, para ela, o tipo capaz de substituir meu pai, na satisfação de seus pendores particulares, coisa que a nosso ver, dela e meu, o padrasto não conseguiu em quinze anos... e não conseguirá nunca: por isso resolvi provocá-lo, com a filial intenção de pacificar os nervos da irremediável viúva. Não deu certo a primeira investida: pela sua estranha deserção. Mas, pelo que desconfio, acho que acertamos a segunda (em termos, bem entendido), planificada por mim. Fui eu quem levou *Marina* ao Sobrado do Marujo (aliás, nosso vago conhecido), guiado pelas informações da baiana do angu. Voltou de lá entusiasmada, não sei se por confirmar seus pressentimentos, dela, ou pelos efeitos da champanha com lança-perfume. O enredo do proprietário, que sei ter ouvido em pânico, é de minha autoria: os aditivos e as minúcias, dele. Não pretendo interferir na sua paixão por Sicrana, quase filha de Marina e, portanto, quase minha irmã. Mas quero aproximá-lo oficialmente da Fulva: desta feita, com seu pleno assentimento e vontade. Espero que o senhor não recuse o encontro no estúdio A, já que outro dia fugiu do B como um gato escaldado. Mas não há nada a recear. Garanto a tranqüilidade da entrevista, entrevistas... e o resto: se estiver, por exemplo, precisando de dinheiro pra viver em paz consigo mesmo, pagando as dívidas do negócio para, na cama, render o previsto pela outra parte. Quanto à Sicrana, desista. Embora tenha sido o senhor o primeiro a quem, até hoje, provocou diretamente – sei de sua boca – não perdoa o fato de tê-la *respeitado*, resistindo às insinuações do corpo lavado e perfumado, à espera do gesto inicial que o estrearia. Quem sabe aquela madrugada poderia ter sido o prenúncio do *dia*? Perdeu a vez. Porque entregar-se mesmo ela só se entrega, e vem se entregando, ao "pai", que a preparou carinhosamente à sua maneira muda de amar. No entanto, *Marina ou Fulva*, como o senhor quiser, usando fórmula igual, adora interromper o rito... sempre de joelhos e com palavras de pura poesia. Como sei? Por tê-la várias vezes assistido em êxtase diante do ícone sagrado, que suas mãos postas mal abarcavam... quando eu era pequeno e meu pai vivia. Dormíamos no mesmo quarto, onde ao menor sussurro eu acordava e fingia dormir para aprender o que não pode ser ensinado.

- Que devo fazer?
- Não faça, diga: sim ou não. Transmitirei o recado.
- Sim.
- A vigorar de quando?
- De amanhã.

Então, após a primeira experiência de olhos abertos, de lado a lado consciente, na mesma tarde de chuva ela fez a Fulano uma resma de indiscrições pessoais, chegando a citar o nome de seu analista, a quem procuraria assim que tivesse tempo: aflita por participar ao doutor a *ressurreição do primeiro marido*, completamente renovado, quitar e suspender as sessões contratadas para o futuro... que não temia mais.

Havia menos de meia hora

Vestindo acessórios femininos, modelados em renda e arrematados por repetidas cintas de botões em flor (que terminavam por lhes enforcar as coxas, a fim de vedar as "vergonhosas" e atrofiadas frautas), o Louro e mais dois dançavam diante do espelho da penteadeira: narcisos das nádegas, suas faces reais.

Sem surpreendê-los (pois que a viram entrando, na ponta dos pés), Marina desculpou-se pela interrupção do balé, chamando o filho à parte. Cochichou-lhe algo excitante: porque, enquanto escutava, olhos semifechados, a boca ia se abrindo, num longo, moroso sorriso de lábios secos, que ele lubrificava, de segundo a segundo, com carnudo cilindro de manteiga de cacau.

Foi-se como veio: usando a chave da porta de serviço que, dando pra escada de emergência, conduzia ao sombreado corredor da garagem subterrânea, abrigo contra bombardeios hipotéticos e refúgio de salvados de incêndio: coisas, gentes e bichos domésticos.

A proposta, recém trazida ao filho (que, em férias, nem comia em casa), resumia-se no mais vantajoso negócio: em troca da "efetiva conquista" de Fulano, um carro novo, último modelo à escolha: tanta era a sua necessidade do amante pressentido à primeira vista, "aprovado e já se fazendo difícil".

Os rapazes não indagaram quem era a dama, mas que marca de perfume usava. Por sua vez, o Louro nada lhes adiantou sobre a identidade da especial visitante, aliás, afobada por experimentar a próxima peruca de cabelos pretos, que várias bovaris disputavam arrematar do mesmo cabelereiro. Por isso, recusou-se, e apenas por isso, a ser apresentada ao par de dançarinos.

Somente dispondo do nome do "pai em andamento", como descobrir um prego no paiol de três milhões de espigas? Caçando pistas, entrevistando pessoas, percorrendo endereços de pontos prováveis, atual ou antigamente freqüentados pelo beldroegas desaparecido: primeiro. Preparando-se, na técnica de abordagem das criaturas, com ensaiadas perguntas e conversas maneiras, dessas que não deixam suspeitas nem revelam desmedido interesse pelo objetivo das cogitações: segundo. Partindo de tais princípios, logo se tornou teimoso leitor de revistas policiais em quadrinhos.

Raciocinando que o *segredo* devia morar no cais, onde se conheceram, ou nos arredores, onde nunca se toparam, preliminarmente desapontou-se ao sondar Sicrana (ainda estagiando no consulado), Bermuda, o dono do Sobrado, a Baiana do angu da madrugada e outros tipos, que conhecia a varejo, de vista ou lenda. Seu Basilisco não aparecia no porto desde antes da "desencarnação do coxo". Pelas suas contas de investigador, corrigiu o informe: há mais de mês. Isto é, depois que o encontrou no consulado. Ligar a morte de um ao desaparecimento de outro? Claro que não. Até a vinda da Missão, Marina vinha se encontrando com ele no seu apartamento. Deveria engatar a fuga à possível rusga havida entre os amantes? Não: pelo bilhete da mãe (até hoje não entregue) ao seu "grande amor", cheio de explicações, lamúrias, protestos de fidelidade e desculpas pela "falta", que "só muita compreensão relevaria". Na hipótese: "falta" bilateral.

Sicrana, crente de que todos os sôfregos expedientes do "mano" se prendiam a um encontro de reconciliação dela com Fulano, de quem pouco, e vagamente, se lembrava – entretida nos exercícios da máquina de fazer tricô, que a madrinha lhe presenteara – apesar disso, ou por isso, confiou as chaves do cortiço ao Louro: acompanhadas do esquema de como entrar e sair, e os eventuais manejos das operações-contratempo: caso a porta da entrada não *quisesse* abrir, caso a fechadura do quarto estivesse *ocupada* por dentro: "seu Basilisco tem uma gazua que abre todos os cômodos".

Ora, justamente a porta da frente não quis abrir, obrigando-o a dar a volta do pátio. Interceptado e ovacionado pelo público infantil da favela, que seduziu a poder de pacotes de balas e biscoitos, não lhe foi difícil conquistar o resto adulto da população, com o qual, jeitosamente, passou a parlamentar em termos de recenseador: estado civil, profissão ou ocupação, idade, naturalidade, doenças triviais ocorrentes, número de membros vivos da família, causas de óbitos mais repetidas na tribo, gastos de manutenção, palpites políticos, preferências por cantores de rádio, artistas de cinema, clubes de futebol, comida, bebidas... um completo repertório de perguntas chatas, a que pareciam acostumados pelas assistentes sociais: respondiam a tudo com gargalhadas, ditos chulos e reflexões "filosóficas".

De repente, um revoltado da platéia (estavam todos agachados, formando um grande rocambole recheado de crianças) ergueu-se, boca cheia de sardinha, para protestar contra as falsas promessas do governo (pensaram que ele fosse governo), que "há trinta anos esperamos ser cumpridas": água, casa, comida, transporte, remédios, colégio e livros pros meninos... mas, acima de tudo, trabalho: empregados, recebendo em dia, "cagaremos pro azar" sem o pavor das prisões por vagabundagem ou embriaguez, as borrachadas sem motivo e outros flagelos do pobre, "tudo nascido da escassez de serviço".

– Outro dia, não sei bem quando foi, um sujeito careca apareceu por aqui, todo metido a sebo – deve ser candidato a qualquer coisa – distribuindo dinheiro e cartões. Guardei um pra amostra: olhe.

Propondo comprar o cartão do velho, o Louro levou, de graça e saída, o anúncio da fábrica de roupas com um "meta ele no cu pra seu gosto", vários "filho da puta" e a combinada vaia dos garotos que o aplaudiram havia menos de meia hora.

Virgindade: de umas e de outros

Tentando comunicar-se com Fulano sobre assunto alheio à principal preocupação comum, Beltrano descobriu que o telefone do amigo havia sido desligado "por motivo de mudança". Então, resolveu procurá-lo diretamente na oficina de roupas, em diuturna fase manufatora. Aí, o gerente informou-lhe que o diretor não aparecia, na fábrica ou na loja, "há bem (exagerava) meia dúzia de meses". Beltrano contradisse: que falava com ele todos os dias, quando não se encontravam, em tardes certas da semana, para um chope ou um antipasto reforçado com vinho e queijo, que o Boche chamava de "carne branca".

– O senhor liga pra onde?
– Ele é que me liga.
– Pois é isso. Se chama, chama de fora, como faz comigo. Não daqui, onde parava o mínimo, quando parava. Nem de casa, onde raramente, nos últimos tempos,

dormia, ou, se dormia, não comia, não come nem dorme mais. Onde toma banho ou muda de roupa? Não tenho a menor idéia. Acho tudo mais do que misterioso, porque o chefe não tem o mínimo motivo para fugir de credores, se não deve, ou de fiscais de livros: se não escamoteia lançamentos para sonegar impostos. A escrita da casa é das mais perfeitas que já vi, em mais de quarenta anos de experiência do ramo, na qualidade de contador registrado, que também sou. E há isto: o negócio está prosperando de maneira fantástica: só se ele, à chegada dos anos, careca, barriga, hemorróidas, alta pressão e baixa potência, resolveu descansar no sucesso. Terminamos o balanço ontem: mil por cento de lucro líquido. Outro dia, assim como o doutor está fazendo agora, quase fui procurá-lo em casa. Digo quase, porque, a caminho do endereço, me recordando de certa *esquisitice* da madame, desisti. Suprimentos de dinheiro? Os depósitos são feitos nos próprios Bancos cobradores de duplicatas, em conta nominal, e ele sabe muito bem onde ficam.

Beltrano foi-se, ressabiado, coçando a grisalha barbicha rabina.

Dias adiante, encontrou-se com Fulano no *Berlim*, segundo o costume e trato: lugar, mesa e hora.

– Que há com você?
– Nada.

— E com seu amigo apaixonado?
— Tudo.
— De bom ou de mau?
— De mau e de bom.

O impulso que levou Beltrano a procurá-lo prendia-se à específica notícia que leu e talvez Fulano não tivesse lido. O alemão, por exemplo, perguntado, jurou não ter ouvido o menor comentário a respeito. O fato, porém – e fato grave – é que pelo menos dois jornais anunciaram o suicídio de Fulano, o que, ao ver de Beltrano, poderia afetar-lhe profundamente o comércio e a vida: se ainda continuasse vivo de *vida material*. Coincidência de nomes, obra de correntes, mulher no meio?

Sorriu amarelo:
— Coincidência.
— Nesse caso, por que não faz uma declaração pública, remetendo os recortes das folhas a amigos e fregueses?
— Bobagem. A confusão, essa confusão, não me perturba. A coisa que mais me inquizila, no momento, é a não correspondência dos espíritos que, por deserção, fogem dos corpos que perambulam por aí, vazios de todos os sentimentos e desejos, menos um: o árduo desejo de ser recuperado, segundo a Lei que os uniu e separou... provisoriamente. Falo de amor, de coisas do amor.

E, com um "veja você", recapitulou a enfermidade do "amigo", mais do que nunca mergulhado em todas as cloacas, por obra de uma vulgar, amoral lacraia de porão. O pobre chegou a ter poluções, sonhando com ela, e, em perfeito juízo, nela pensando, em deitar-se com *amenos* que se transfiguravam de repente, imitando a voz, as formas, a graça e o cheiro da inatingível fêmea. Deu para embriagar-se, a fim de poder suportar as "abomináveis" ligações com as pessoas e coisas que a lembravam: inclusive a zona, rua e casa em que vivia, elementos que passaram a atraí-lo também. Tentou aconselhar o pobre: em vão.

– O "rapaz" está perdido... principalmente porque seu "sub" garante que ela vai ser dele para o resto desta e o começo da outra vida. Dele ou de mais ninguém.

– De que jeito, pelo que afirma, se as duas carcaças estão ocas, perambulando por aí?

– Por castigo. Castigo por faltas pré-terrestres acaso cometidas, tal qual a observação do mestre aí. Faltas *dela* contra ele.

Mudando de conversa, Beltrano limitou-se a um neutro "compreendo", tangenciando o ouvido: e pôs-se a orar, baixinho. Depois, pediu três garrafas de conhaque, e os dois, de pé, mais o Alemão, para escândalo dos fregueses do bar acostumados às fesceninas canções de confraternização, velhas do décimo terceiro século, começaram a entoar o *confiteor*, com todas as cordas de suas gargantas: texto conhecido, música improvisada em impressionante contraponto, que o Boche tenor regia com os dois indicadores e a cabeça de reluzente careca substituindo o metrônomo.

Alguns clientes protestaram, outros aderiram, misturando o hino da penitência com o aleluia dos congregados testemunhas de Jeová: para a maior glória dele, no céu, na terra e no mar.

No fim da cantoria e balbúrdia, todos se aplaudiram a cada um, com ardentes palmas de queimar as mãos.

Retomando os respectivos lugares e copos, com a gravidade de condenados à cicuta, abriram a boca e fecharam os olhos: para beber melhor, mais e mais depressa.

No mudo salão, de repente, um pálio de fraterno amor cobria cabeças, mesas, cadeiras, talheres, louças, armários, potes de conservas, paliteiros, e o despeito de expectantes litros e garrafas empoeiradas, ansiosos por um defloramento rápido dos vermelhos selos de consumo: prova da inútil, longa virgindade de umas e de outros.

Viver e salvar-se

– Quando formos uma potência em número de correligionários e simpatizantes, estabeleceremos um horário universal para a bênção diária do nosso trago de vida eterna. Isso não é uma regra: é o reconhecimento da conveniência de uma disciplina para o bem comum. Disciplina, aqui, quer dizer acordo. Formado o círculo em volta da Terra, nossas preces removerão outros mundos com um simples cálice d'água. Assim como o oceano cabe na gota do mar, numa gota d'água transistorizada todas as potências do céu e da terra se concentram. Nesse dia, passaremos a fornecer fórmulas de minúsculos comprimidos (de fabricação caseira) para serem ingeridos à noite, de acordo com a preferência ocupacional de cada um: estímulo de vocações e rendimento de profissões – do lixeiro à vendedora de violetas, passando pelos viciados em esperma – além da receita da grande pílula universal, que chamaremos alfa-zero. Última etapa do nosso esforço pioneiro, capaz de servir indiscriminadamente aos futuros exercícios, físicos ou mentais, determinados pelo incontrolável avanço da eletrotécnica sociodinâmica. Todas as almas desencarnadas, ainda sem residência definitiva, entram na sua composição: só ontem "recebi" a dosagem que há trinta anos venho pedindo ao Alto. Nesse dia, repito, mais próximo do que muitos pensam, quererão nos acumular de honrarias, que dispensaremos: apelidos em ruas, prêmios em dinheiro, estátuas, nomes de produtos bioquímicos ou rótulos de berçários. Você sabe muito bem como os homens procedem na conjuntura. Vários sujeitos trabalham na "invenção" (quase sempre ocasional) de um engenho que sobe às estrelas, impulsioonado pelo indigente querosene das lamparinas. Mas o herói do feito é o que subiu na máquina: nunca o seu maluco ideador. Cristalino: um piloto de prova não precisa ter talento. Os estilos e costumes de um tempo – dos móveis aos bidês, passando pelas consolidações da regras de comportamento civil – trazem as marcas dos poderosos da época, que ficam posando de seus autores históricos. As leis naturais carregam etiquetas de quem? De *Deus* ou as dos que, por acaso, as "surpreenderam"? As leis postuladas, passíveis de progresso e reformulações, são leis? Pode-se inventar o existente, ou simplesmente constatá-lo? Verificar é criar? Não citarei genealogias de "autores" para não lhe complicar a cabeça, *já entupida dos problemas de seu amigo obcecado.* De qualquer modo, fique certo de que estamos certos, meu caro. Não sei quando isso acontecerá, mas estou convicto de que ainda seremos celebrados em Aldebarã, onde pecado, crime e castigo não existem. Em compasso de evangélica paciência, aguardemos a próxima dissolução total da carne, que se reduzirá a carbono e água. Somente o espírito conta: todos sabem, mas poucos acreditam nisso. Apelo só vale enquanto não vira enrugada muxiba, que os parvos dos dois sexos esticam: pra se arrepender. A alma, ao contrário, não é elástica, sequer complacente. Você sabe que os colchões de molas, cedendo ao peso do corpo, afetam de uma só vez as dez espécies conhecidas do reumatismo? Porque o reumatismo é doença óssea, dos nervos e dos músculos, pertences básicos do que o plasma irriga. Mas, que é o sangue circulante senão o espírito liquefeito que, de negro azulado, bioquimicamente passa a vermelho? Se somos compostos de alma e corpo, *já somos, individualmente, dois.* Isto facilita a compreensão da latente convergência do *todos em um,* que é a Lei das leis, entrevista por São Paulo, num momento de menor fúria radicalista: porque ele era ferrenho partidário do "faça como eu faço". Não são iguais os dedos irmãos da mão que, se mergulhada num líquido escaldante, queima a todos igualmente. Entretanto, a extirpação de um, ou vários, não afeta os restantes. Cada qual é livre para construir o céu de seu gosto, sem o temor das sanções: do próximo ou do Alto. Quem segue a "si" não erra nunca. Isto também significa que, se há céu para uns, não pode existir o inferno para outros. Ninguém precisa de lutar pela salvação, mas simplesmente *viver e salvar-se*.

Em obras

– Antes de mais nada, gostaria de pô-lo em dia com o que vem ocorrendo comigo nestes últimos tempos: na realidade, coisas de abismar. Curioso é que, parecendo conseqüentes, as casualidades não passam de um concurso de absurdos, que eu diria afins. Temendo chocá-lo, venho me contendo: mas agora, neste instante e lugar, depois do seu judicioso sermão, a cujos argumentos me rendo, vou me confessar todo pecador.

Tossiu, levando a mão à boca: se para evitar a expelição de perdigotos, ou fechá-la de vergonha para sempre, nem o próprio Fulano teve a menor idéia no momento.

Trocando a tosse pelo pigarro, apoiando os cotovelos na mesa e apertando as têmporas entre os punhos cerrados, Beltrano abriu a dupla dentadura, cujos cavalares dentes de acrílico ostentavam, nos interstícios, restos de rançoso roquerfort que vinha roendo.

– Não precisa revelar o que sabe, pelo peneirado do que chamou, sarcasticamente, de sermão. Sei que sabe que sei. De modo contrário, eu não seria um *s.a.*, partícula da silenciosa alma universal, como você não é, e eu – pobre ingênuo – pensei que fosse.

– Mas Beltrano, pelo amor de Deus: não tive a menor intenção de ofendê-lo. Ao decidir me desabafar, estava crente, como estou, de que com isso lhe oferecia mais um voto de confiança, reconhecimento, consideração e respeito: por tudo o que você é, não sou e jamais serei.

– Obrigado. Está desculpado, e console-se: inda pode vir a ser. Desde que se proponha a aperfeiçoar-se. Quem acha que expondo o coração ao semelhante faz alguma concessão moral ao confidente não passa de um pretensioso vulgar, um separatista, cioso de sua diferença nos reinos mortal e imortal: e, pois, esquecido de que levaremos, desta pra outra, todas as nossas discutíveis qualidades e todos os nossos defeitos positivos... indisfarçáveis nas etapas de outras vidas que teremos de sofrer até a perfeição. Confiar na perenidade do segredo é coisa de néscio: entre abrir e fechar a cova – adeus, segredo.

– Me excluindo da soma das partículas do *todo*, do qual não é o dono, não alardeia mais do que uma orgulhosa diferença, que se outorga em causa própria?

– De jeito nenhum. Porque todos somos partículas. O que não impede a existência de partículas – como direi? – *eventualmente* bichadas em fase de franca deteriorização. Nesse caso, eliminá-las é obra de caridade, previdente caridade. Um minúsculo ponto gangrenoso, se não cauterizado a tempo, envenena e mata o resto do organismo. O queijo que comemos é bom, amálgama de micróbios macerados em lixívias vitais. A brucelose, que ele, verde ou maduro, pode transmitir, é má. Agindo como vem agindo, você é a brucelose a envenenar a massa que formaremos um dia, depois de pasteurizarmos os espíritos do vírus da carne e do dinheiro, falsas alegrias dos homens. Os autênticos *s.a.* não ousam condenar, nada temem e, por isso, nada ocultam.

— Afinal de contas, me considera um covarde?

— Não disse isso: você é que está dizendo. O que não impede, de qualquer modo, que suas "aproximações" portuárias — da jovem bronzeada ao moço louro, passando pelo cáften, a Fulva, o Mudo, o garçom e o Perneta — sejam todas (e tenha sido a *última delas*) mais *s.a.* do que pode imaginar. Autênticas na sujeira, de que poderão livrar-se de repente, como, suponho, o morto-morta se livrou à última hora: ao passo que você é mera contrafação do limpo, um sujo sonso e sem perspectiva. O que eles-elas fizeram ou fazem, dizem que fizeram ou dizem que fazem. O que você fez, ou vem fazendo, esconde. Até de você mesmo.

— De mim?

— Como não? Se teve coragem de masturbar-se, pensando em duas mulheres ao mesmo tempo, Sicrana e

Marina, na madrugada em que, forçado, reconheceu a falência de sua condição de macho insolvável, ante os potentes *argumentos* do genial Arquiteto que poderia ser seu filho? Uma vergonha: que, no entanto, não reprovo. Seria, já fui e sou capaz de igual procedimento. Mas reajo e resisto, à força de orações adequadas a esse tipo de pecado. O espaço está cheio de virgens e anjos que atravessaram a vida terrestre não fazendo coisa diferente da que você vem fazendo. Mas se arrependeram a tempo (quer dizer, pouco antes da impotência mental, posterior à biológica) e lá estão: cantando, dançando e chupando maná, suave laxativo a que pouco falta para eliminar detritos de culpas menores e entrar no paraíso.

A pergunta de Fulano denunciava seu alheamento ao desvio da demanda:

– Me censurando assim, deixo de ser membro da *a.s.a.*?

– Não. Quero dizer... sim: apenas no momento da censura, a que não tenho direito. Mas, como disso já me arrependi, devo declarar que tanto peco (pequei) quando imagino (imaginei), por trás do que digo (disse) e ouço (ouvi), como quando penso (pensei) nas possibilidades revigorantes do jovem corpo que o perverteu (perverte), após três rápidas marteladas de cachaça e capilé.

– Como sabe tanto?

– Sabendo.

– Ninguém sabe o que não sente, vê, toca, cheira, ouve ou lê.

– Pois saiba que só *vejo pelo ouvido*. Tanto que, preocupado com suas preocupações, consegui chegar ao conhecimento sem a experiência, coisa que as palavras (tararás cósmicos, que cada um traduz como quer... daí a variedade de idiomas e a impossibilidade permanente de um perfeito entendimento entre os homens) cedem e concedem aos seres privilegiados que o vulgo apelida de loucos, porque da loucura vivem. Ora, na lida com eventuais perturbados de todos os gêneros, aprendi a lidar comigo mesmo e... com os outros. E, lidando com os outros, manobrar com a alma universal.

– Agora sei por que está tão bem informado sobre a minha e a vida dos seres que me tocam. Você é psiquiatra, psicólogo, psicanalísta. A coisa mais fácil do mundo é orientar uma sessão psicanalítica – já li sobre isso – botando lêndeas, carrapatos, furúnculos e pesadelos nas cabeças neuróticas. Calculadas interpretações de fobias e frustrações que você vai explicando a seu jeito. Tudo ao contrário da nossa sonhada, teórica *a.s.a.*, até que a alma do paciente se transfira para a sua. Aí, nem o diagnóstico de outro qualquer curandeiro de aporrinhações abalará a confiança que o imaginário doente creditou a você. Estou entendendo cada vez mais. A partir daquele momento é claro que, à sua partícula, vem acrescentar-se mais uma. Mandando me espionar, ou me sindicando no canapé das confissões inconscientes, genuflexório dos apavorados, você apenas se revela um pífio delator dos segredos profissionais, que classifica no fichário de nomes supostos: o segredo dos outros é o seu patrimônio e renda. Para quê? Para alquimizá-los e baralhá-los à vontade: plantar a intriga, intimidar e, intimidando as pessoas, ampliar seu cadastro de misérias morais anônimas e assim consolidar seu prestígio de exator de todos os poderes ocultos. Invejoso vigarista, charlatão, nostradamus dos porões de cargueiros. Mais moço do que eu, nunca cevou uma virgem – preta ou branca – como venho cevando a minha. Impotente, nesta altura, nem pode masturbar-se. Famoso e rico, vive só num quarto de hotel de borocoxôs, sem que fêmea alguma o visite, mesmo alugada, dormindo ou acordado. Quer saber de uma coisa? Fique com sua *a.s.a.*, que seria nossa, *se você não fosse o que é e, por isso, afirma que eu sou o que sabe ser.*

Beltrano levantou-se, com esforço, mas pôde berrar, possesso:

– Tome, seu puto, tome.

Cuspia na cara de Fulano e preparando-se para sentar, em seguida, derreou-se no chão. Para alargar a área da luta, que prometia ser sensacional, o precavido cidadão vizinho já havia arredado a mesa que ocupava.

Porque a clientela do bar, acostumada às discussões dos veteranos bebedores, não interferisse para socorrer a um ou desagravar o outro, de sua vez Fulano levantou-se, limpou o rosto com o lenço, descobrindo que a sala rodava com a velocidade da hélice do ventilador pendurado no teto, desmaiou também.

Assim como caíram, desse jeito ficaram estirados. Em consideração ao patrão ausente, fraterno amigo de ambos, os garçons da praça tomaram a providência de cercar os corpos com meia-lua de umas tantas cadeiras, em cujos espaldares penduraram jornais que, estendendo-se além dos assentos, camuflavam o principal. Garantia contra olhos indiscretos e defesa contra perguntas irrespondíveis, fonte de comentários desmoralizantes.

Não satisfeito, o gerente demorou-se na copa, para vir com um cartaz, que pregou na parede: "em obras".

No mais gutural e ininteligível alemão

Até as cinco da manhã, quando o Boche chegou da feira com cestas carregadas de matéria-prima para as *delicadezas* germânicas que diariamente "inventava", Fulano e Beltrano inda roncavam. Informado da natureza da hibernação pelo cozinheiro das *brutalidades* nacionais, já fervendo panelas naquela altura, aprovou a diligência dos empregados do serão e imediatamente telefonou a duas casas de saúde: a ambulância que chegasse em primeiro lugar levaria o que estivesse em pior estado.

Beltrano suava frio, pulso e peito em ritmo desordenado. De maneira que sua vez, sem qualquer protecionismo, chegou antes da de Fulano.

Por vários motivos táticos, não seria conveniente que ficassem internados na mesma clínica, vizinhos de quarto ou de andar.

O caso é que, isolados no Bar e isolados em hospitais do mesmo bairro, somente o Alemão, responsável pelo internamento de ambos, teve a gentileza de visitá-los, levando flores, frutas e tabaco, que enfermeiros e enfermeiras dividiram irmamente.

Refeito mais cedo, como era de esperar-se, Fulano teve alta de uma semana, ao passo que Beltrano continuou sob tratamento sonoterápico, decidido pelo chefe do serviço neuropsiquiátrico que, por coincidência seu ex-aluno (um par de vezes reprovado pelo mestre), não deixou escapar a oportunidade de cozinhar seu algoz e atraso de dois anos letivos: coisa antiga, mas de vingança jurada pela alma da mãe dele.

Fulano deixou de aparecer no Bar e Beltrano, em coma artificial de prazo certo, dispensava visita. Inconsolável com as duas coisas, o Alemão tomou uma semana de férias, zanzando pelos cafés, bares, restaurantes e quiosques para atualizar-se com os preços dos concorrentes e rever amigos quase esquecidos: de cara, pelo menos.

Finda a peregrinação e voltando a seu posto, mandou cobrir de luto a mesa que os três ocupavam, simplesmente para desapontar-se: ninguém indagando o porquê daquilo, sofreu muito. Seu maior desejo era o de que um anônimo se sentasse ali, inadvertidamente, desrespeitando a interdição que o símbolo mortuário delatava. Então tomaria a ensaiada posição de sentido e, sem a menor explicação pelo gesto indicador da porta da rua, marcialmente mandaria o freguês plantar batatas: no mais gutural e ininteligível alemão.

É ele mesmo

As sucessivas Missões Diplomáticas visitantes – em geral rotuladas de intercâmbio cultural e econômico, mas com a incumbência, à margem, de assinar tratados de assistência militar e outros acordos misteriosos de antemão destinados aos inadimplementos – tinham para ela ao menos uma vantagem: ocupavam o marido dia e noite nas operações laterais de espionagem, advocacia administrativa, banquetes só pra homens, arreglos empresariais, subornos de personalidades, compra e venda de segredos improvisados, incursões em randevus de luxo, contrabando de utilidades e inutilidades.... obras de arte, tóxicos, falsos casamentos de falsos nobres europeus com presuntivas herdeiras de mitológicas fortunas latino-americanas, requentadas senhoritas de dentadura implantada e retificações plásticas de alto a baixo. Tais atividades, além de rendosas, deixavam-na inteiramente livre dos eventuais assaltos dele, sobretudo quando sob a ação do álcool: é óbvio que seus estilos não coincidindo, seu maior problema conjugal consistia em conjugar o macho inadequado. Não que ele a constrangesse, fora disso e de qualquer forma, nos períodos normais da dupla vida de consulesa e barregã, por necessidade emocional e funcional. O diabo é que as Missões lhe exigiam o dobro de atividade social, numa, e o quádruplo uso do bidê na outra. Quanto ao cuidado dos cuidados, há vinte anos que não usava trompas.

Eis porque nessa semana foi-lhe impossível comemorar o aniversário em companhia de Fulano, no apartamento do filho, deixando a este a obrigação de representá-la à hora marcada. Acontece que o Louro, antes comprometido com uma pescaria que o padrasto improvisou para afastar certos funcionários menores das reuniões informais da comitiva – ávidos de promoções, às custas da intriga, da delação ou do que fosse – por sua vez só pôde cumprir o mandado deixando um bilhete ao "pai", em cima da cama quase habituada ao serviço extraordinário dos sábados. Fulano também não apareceu. Não podia aparecer: preocupado com as revelações de Fulana (relativas ao aborto da filha) e as de Beltrano, com respeito ao uso irreal e concomitante que fez das duas mulheres, na prevenção de um infarto fatal. Não é verdade que quem se masturba "se" sangra?

Temendo comunicar-se diretamente com a Fulva depois de tanto tempo, embora autorizado para isso ("ligue a qualquer hora"), tentou fazê-lo com o Louro, que "está passando o fim de semana na praia P.". Procurando o acaso de um encontro com Sicrana no porto, Bermuda informou-lhe que ela continuava "fora". Não tinha notícias do Mudo? Nem do Mudo que, chegando de longe tarrafagem, "vendeu seu peixe por aí mesmo, a preço de balança de mão, e sumiu".

Conquanto festivamente recebido no Sobrado do Marujo, pelo patrão e sua sócia momentânea (morena), o quarto dos amigos estava ocupado pelo rei do ferro velho, o fogão e a geladeira não davam vazão aos vira-e-salta dos serventes contratados para a temporada, a casa cheia dia e noite ("como está vendo"), nem uma esteira poderiam ceder para que pudesse repousar o esqueleto no chão. Dormir com a entrevada ou, mesmo com o casal, não seria coisa de propor-se a um cavalheiro de sua categoria.

Daí, após rondar todos os hotéis, pensões, albergues e dormitórios que conhecia – e alguns, que ficou conhecendo – tudo lotado de veranistas do interior, acabou refugiando-se no *Berlim*, apesar do juramento de jamais voltar ali: de pura vergonha. O fato é que até o próprio aposento doméstico ele encontrou de fechadura nova, claro indício de que a negada ameaça do despejo começava a tomar corpo.

No Bar, sentou-se à mesa habitual, sem ao menos notar a insólita cor da toalha: na verdade, *via tudo negro*.

Salão vazio, os poucos garçons do sonolento velório a engabelar o sono: espantando as moscas das jarras de flores artificiais, esticando as toalhas mal estendidas, cutucando os ouvidos, escarafunchando unhas e dentes com estrias de palito. Ninguém o viu, nem ele viu ninguém ao entrar, inclusive o Boche que, fora da caixa, na escrivaninha do fundo, sorvia um duplo, fumava cachimbo, arquivava papéis e fazia contas.

Passou longo tempo dormindo assim: cabeça deitada no travesseiro de braços cruzados. De repente, como se quisesse estraçalhar a mão, a mesa ou ambas, deu tão estrondoso murro no tampo que todo o pessoal acorreu, subitamente desperto de seus devaneios.

Calmamente o Alemão empurrou os óculos pela careca acima, fechou a pasta de documentos e berrou, na sua robusta, autoritária e temida voz:

– Que que há, houve ou está havendo?

E os garçons, em coro de descoberta e surpresa, apontavam o encapetado:

– É ele, senhor Brustle, é ele.

– Sim – por sua vez Fulano confirmou, em tom mediúnico – é *ele*, igualzinho a ele, é ele mesmo.

Sumiu

Após ter sido reduzido a um caneloni, embalsamado, atado até o pescoço e parafusado num sarcófago de massa de vidraceiro, meteram-no na espécie de caçamba suspensa, que logo começou a descer um poço de vários quilômetros de profundidade. Não pôde precisar quantos. Mas conjeturou ter gasto dias e noites no percurso, contados pelos paus de fósforo que mentalmente ia passando de um bolso a outro do pijama, no horário exato e normal de engolir sua pílula pra dormir: hábito e relógio.

O rugir das correntes e roldanas, limitado pelas paredes do tubo metálico, acústico, o ensurdecia: e as trevas o cegavam. Assim que o elevador tocou o solo escaldante, um fiapo de luz se fez, tênue e indeciso como no primeiro dia. Começou a sentir frio. Tiraram-no do túmulo portátil e o escalpelaram: aí tudo voltou à normalidade térmica, que se diria terrestre: era. Também via e ouvia. Vendo, verificou estar numa sala de bar que lhe dizia algo. Ouvindo os ruídos urbanos e familiares – pregões, gritos, tropelias, impropérios, cusparadas, restos de conversa, descargas de automóveis, buzinadas... almíscar do bagre de carrocinha, frito na hora – convenceram-no de que estava vivo como *antes*.

Bateu palmas: ninguém veio. Então, nervos amarrotados e músculos moídos, ajeitou-se para redormir ali, cobrindo-se com a desbotada mortalha negra, morrinhenta de sabão caseiro: sebo, borra de torresmo e barrela de cinza.

Ora: como a memória do tempo é mais exigente e onerosa do que a do espaço – que se dá imediatamente, sem referências intermediárias e o mínimo desgaste venoso – Fulano continua ignorando a duração da vertigem que o ferrou à cadeira e à mesa da mixa brasseria, metida a restaurante categorizado: agora, porém, indigente quarto de pensão ou de ambulatório, rodando numa atmosfera poluída de vômito fresco e remédio.

Devagar, aderia à condição de convalescente por decreto, quando um tipo veio despertá-lo do emoliente e (quase) pacífico torpor, lhe sacudindo os ombros e lhe desatando os braços, com a firme disposição de quem chega pra falar e ser ouvido. Sem forças para reagir ao estranho elemento, que radiava a cortante algidez do vento alto-marinho no inverno, abriu os olhos lentamente.

- Que que há, prezada imagem do Senhor?
- Não há. Houve.
- Mas o quê?
- A troca.
- Que troca?
- De vidas.
- Que vidas?

Não se entendiam. Apesar disso, o desconhecido demorou-se um pouco, olhar tristíssimo, fumando um curto de maconha.

Insistiu:
- Quer ou não quer conhecer a verdade, para o bem de todos?
- Não. Quero é dormir.
- Pois sinto muito. Durma.

Disse isso, mas não se moveu do assento. Tirou um velho jornal enfiado na japona, e começou a ler. Pelos movimentos que fazia – ora aproximando, ora afastando a folha para enxergar melhor – o escrito deveria interessá-lo seriamente.

Não encontrando a esperada receptividade por parte de Fulano, que voltou à posição de anestesiado, deu de mugir sozinho, aprovando ou desaprovando os capítulos titulados do texto: ora sorrindo, ora franzindo a testa.

Por fim, ergueu-se e lá se foi sem ao menos um ressentido "até-o-dia-do-juízo". Modorrento, mesmo assim Fulano pôde ouvir, longe, num esmorzando, o eco das pisadas de uma perna de pau. Por isso, as vigorosas mãos que o envolveram e a estridente boca que o acordava só poderiam ser do Alemão: pelo gorduroso ranço de umas e o latrinário mau hálito de outra.

Abraçando-o carinhosamente pelas costas, olhos suados, o Boche gaguejava:

– Caro amigo, caro amigo.

Puxou uma cadeira. Ordenou a retirada da funérea toalha, indicando que a substituíssem pela de xadrezinho vermelho-branco, "como de praxe, sempre".

Garrafa aberta, copos servidos, charutos e cinzeiros especiais, recomeçaram a taramelagem habitual, interrompida há coisa de duas semanas, intercalando-a de brindes, informações e perguntas, sendo que a primeira das segundas partiu do proprietário:

– Nunca soube sua casa: onde é que está morando agora?

Tirou o lápis pendurado na orelha esquerda, anotou os endereços fornecidos com certo titubeio, e voltou:

– Quem é o *ele*? Você ou outro?

– Outro. O outro que estava aqui, na minha frente, me contando coisas em que não acredito, não posso acreditar.

– Mas *quedê* ele? Pra onde foi?

– Sumiu.

Não me interessa mais

Esgotados os infusos conhecimentos da sutil matéria, a experiência de todas as ordenações de sagrados papiros e incunábulos, Marina chegou ao fastio das novidades, cedo convertidas em rotina.

Na orla da idade crítica, achou dever-se poupar e aguardar um pouco (antes só do que mal acompanhada) o próximo lançamento das fórmulas astrais de preparação e uso da carne eternizada em moinha lunar, apregoado e prometido pelos cosmonautas: pra quando puderem começar as exclusivas viagens de contrabando entre o céu e a terra.

Foi o que, solene e mentirosamente, declarou a Fulano, após a mais comprida disputa que entretiveram, sem que ela ou ele obtivesse o menor resultado. Ponto e, portanto, lógico fim de conversa e romance.

Fulano desesperou-se, responsabilizando-a pelo vício, vícios, de que jamais poderia desgarrar-se. De seu lado, jubilosa – conquanto ressabiada pela facilidade com que ele se deixava descartar – Marina jurava a si mesma não parar nunca (bicicleta parando cai) mas prosseguir nas suas pesquisas do macho ideal: quem sabe um novo aperitivo *partener* da última geração, de frescas artérias, basta cabelereira e bossas desconhecidas?

Separando-se "provisoriamente", de acordo com Fulano, já no dia seguinte passou a dedicar-se ao magistério de menores abandonados ("pobres seres") ao deus-dará do sexo sem rumo. Ao passo que Fulano, sem mais esperança de reabilitar-se, sentindo o fim do resto, regressou de corpo e alma à renitente *a.s.a.*, sonho, estímulo, esfinge e consolo de seus dias em liquidação. Contados a partir das três vergonhosas crises cardíacas que sofreu no quarto do Louro: médicos e enfermeiras manjando por quê. Aliás, nas três ocasiões (soube-o mais tarde), a Fulva limitou-se a pedir socorro telefônico (fugindo à co-responsabilidade do desastre à vista), embora antes convocando o filho: afinal de contas, locatário do apartamento, dono da cama e fiador do que acontecesse em cima do colchão.

Ao recompor mentalmente a fria despedida, que um prato de pipocas carameladas e nuvens de moscas testemunharam, Fulano se detinha no final do questionário que lhe propôs:

– Contou alguma coisa a alguém?
– Não: não contei.

– Como souberam de nosso começo no Sobrado, souberam da minha dupla descarga, souberam que seu marido negocia importações ilícitas, souberam que você mesma fez câmbio negro de moedas, aceita o empenho de jóias de amigas em aperturas... tudo por desclassificados intermediários que seu filho pratica, sob seu campo e a capa das imunidades diplomáticas? Por que supria o Perneta de capital, que ele reemprestava, por sua recomendação e responsabilidade, para depois fingindo salvar os devedores desesperados, exibir-lhes os títulos quitados por você? Por que delira ao ver o filho sendo coberto por marujos, não perdendo uma das matinês especiais no apartamento "B", escondida atrás da cortina do quarto geminado? Por que empreita as "conquistas" do cônsul de bolso – sempre através de promissórias que, inexplicavelmente as bestas acabam pagando – se ele lhe dá suficiente liberdade para agir e distrair-se, onde e como quiser: pra afastar-se ou afastá-la cada vez mais? Por que retém Sicrana, nas ausências do pai, em vez de deixá-la para sempre na casa em que foi, bem ou mal, preparada pra viver na solidão?

Pausou um minuto, tranqüilamente retocando o cabelo:

– Fica satisfeito com a resposta a uma pergunta, ou exige que eu responda a todas?

– Basta uma.
– Pois vamos a que mais lhe interessa. Exatamente como eu, Sicrana é uma insatisfeita. E mulher insatisfeita é uma viatura sem freio. Ainda não encontrou quem lhe substituísse o pai: daí o contentar-se com meu... digamos marido: em quem, bisonha, confia, a quem aceita e aplaude como a um artista. Claro: ainda não experimentou mais do que dois. Eu, como ninguém ignora, o recuso. Sei que Sicrana deu uma oportunidade a você: hesitou com ela, falhou comigo. Portanto, falhou duplamente. Lamento. Adeus, ou até breve, pra confirmação de sua impotência física e moral. Entretanto, crendo no arrependimento, acredito na regeneração correspondente, quando as pessoas têm caráter e... encontram estimulantes propícios. De qualquer modo, e resumindo: seu *caráter* não me interessa mais.

Pedidos de dinheiro emprestado

Sempre comparecia a esses seminários de mestres, pais e filhos, que normalmente precedem a abertura do ano letivo, pouco se lhe dando que o Louro fizesse o mesmo ou não. Desta feita, entretanto, não somente preocupou-se com o dia, data, hora e local da assembléia, como insistiu por conseguir a companhia do finalista ginasial.

Misterioso e inopinado faro tê-la-ia guiado no caminho do que procurava... ou o filho, por acaso, o descobriu?

Instantaneamente, encantou-se pelo rapaz, colega e cópia do fruto do seu ventre, a quem foi apresentada com sensível tremor de dedos frios, pupilas dilatadas sob as lentes de contato e lábios mordidos.

Terminada a conferência, foram jantar juntos e, durante o jantar, ela *começou*, antes insistindo para que o convidado bebesse: se o Louro bebia, ela bebia, e todos bebem no mundo: ao menos para comemorar "qualquer coisa íntima", isso ou aquilo. Reunidos pela primeira vez, estariam comemorando isso... e, por antecipação, *aquilo* que, de excelente, desejava e esperava que o futuro próximo proporcionasse aos "dois", isto é, sucessivas reprises das emoções do inesperado e memorável encontro.

Alarmada à prematura iniciativa do Convidado, que preferia provocar suavemente, em vez de ter de repreendê-lo com um beliscão (quase chegou a tanto), vacilou: de quem seria o insistente joelho que lhe atritava as coxas, tão fogoso que lhe embargou a voz, enrubesceu a face e melou o sexo... habituado a manobras de outro gênero, não menos eficazes, sem dúvida, porém muito mais lentas na produção da gosma positiva?

De qualquer modo, estava segura de que se haviam "entendido", sob a discreta conivência (ou ignorância?) do filho, aparentemente alheio ao atrevido jogo dos ajustes que, dispensando palavras, não dispensam coberturas: na situação e lugar, a da mesa e a das sobras pendentes da toalha.

Ao sair, ainda por baixo do pano, passou-lhe um papel: escrito que, pouco depois, o Louro lhe devolveu com debochado sorriso, fingindo não entender o sentido e o significado do expediente.

Sem as explicações que, apesar de tudo, o filho ficou esperando, ar de consciente parvo, rasgou o documento e beijou-o na boca. Depois foi verter lágrimas e urina na privada do Clube de Bridge, onde falsas amigas a esperavam desde as sete da noite: com milongas e pedidos de dinheiro emprestado.

Deitou-se nua e apagou a luz

Escrava dos apetites eróticos por associação (só poderia amar o que tivesse amado um dia: o marido, porque lembrava o pai... Fulano, porque lembrava o marido... e assim por diante), as aventuras intermediárias, fugindo às normas do sangue de suas veias, não tiveram o menor reflexo sobre seu comportamento: aliás, os *escolhidos* sempre a decepcionaram mais, em tudo e por tudo. Eis porque a fulminante atração pelo Convidado (absurda pelos começos, insana pelo desajuste das idades) fê-la perder noites e noites de sono, acabando por concluir: "quem raciocina sobre um sentimento deixou de senti-lo, ou não o sentiu jamais". O que não a impedia de masturbar-se constantemente pensando nele.

Pensando nele, pensava no filho, que recordava o marido... que por sua vez recordava o pai, cujas repentinas decisões, em geral certeiras, a empolgavam muito na puberdade.

Pois bem: procederia como o pai procederia, se estivesse na pele dele. Mas informando um corpo de mulher, será que ele *usaria* útero e ovários como determinantes da ação, ou ações, que executasse ou pretendesse executar? Entre sua mãe e outra fêmea que a "imitasse", mais uma adolescente interposta pra formação do triângulo, será que ele optaria pela adolescente?

Decidido: prosseguiria na caça aos galetos, seres sem pretensões exclusivistas, nada ciumentos, mais animais e mais cínicos, facilmente subornáveis e flexíveis aos comandos: na cama e fora dela.

Nessa noite, porém, apenas fez o que havia anos o cônsul secretamente vinha esperando que fizesse: bateu-lhe à porta do quarto. Vinha esperando... mas não esperava àquela hora, precisamente após esfalfante corriola de libações e sacanagem grossa.

– Por favor, meu bem: abre. Preciso muito de você.

A custo, o outro respondeu, rosnando:

– Se precisa, que se dane. Não abro. E há isso: não sou bem de pessoa alguma neste mundo.

Bebeu um copo de uísque. Depois entrou na biblioteca: acendeu as luzes. Nada digestivo ou de passar tempo: somente relatórios oficiais de verdades desmentidas, louvações de poderosos, biografias de nulidades e memórias de políticos que se atribuíam a responsabilidade pelos movimentos físicos e espirituais da Terra. Da sua e da dos outros.

    Na parede, de repente, entre as armas da coleção do cônsul, um trabuco avantajado, boca de sino, cano longo, polegada e meia de calibre, meio enferrujado. Lavou-o cuidadosamente na pia do banheiro. Lavou-se com sais de cheiro, empoou-se. Untou a máquina com várias camadas de creme removedor de maquilagem. Colocou um disco na vitrola portátil: cordas, pandeiros e lamentos sussurrados. Removeu a coberta da cama. Deitou-se nua e apagou a luz.

Seres reais sem existência

Ia pondo o pé na escada quando o Inventor descia. Esgueirou-se, esquecido de sua natureza fluídica para os que desconheciam o sexo da (sua) mulher. Por isso, o velho pôde vazá-lo, na metade que lhe vetava a passagem, indo-se na "paz" dos espíritos encarnados. Trescalando otimismo, mãos ocupadas com extensos rolos de papel milimetrado e heliocópias de misteriosas fórmulas matemáticas, ilustrando diagramas coloridos de verde, amarelo e vermelho.

A porta do (seu) antigo quarto, à direita de quem entra, estava entreaberta. Percorreu a casa para certificar-se da ausência *dela*. Eram nove horas da manhã e o Arquiteto inda dormia. Levantou a tranca da porta da rua, mas passou-lhe o poderoso ferrolho de bronze: em seguida, mangas arregaçadas, benzeu-se e começou a trabalhar. Revolveu o quarto inteiro em poucos minutos (nunca soubera ao certo onde a viúva, fetichista, enterrava os testemunhos do passado doméstico) até que o acaso da descoberta de velha caixa de chapéus, escondida na prateleira do guarda-roupa que tentou arredar da parede, entregou-lhe o procurado: esmaecidos retratos (escondeu dois), cartas remetidas à posta-restante (retirou quatro), contas de internação hospitalar (anestesista, sala de operação), pêsames do *parteiro* pela fatalidade que nos colheu: toda a história, agora comprovada, de um aborto criminoso, enriquecida pelo remanescente do enxoval pagão, amarfanhado entre estojos de injeções abortivas, anticoncepcionais, frascos de barbitúricos e drogas contra a frigidez feminina.

Do que era de ser lido, leu o que pôde. Do que era de ser visto e palpado, apalpou o que viu. Do que era de documentar toda uma existência de deboche e traição, iniciada diante do altar, meteu tudo no bolso, atropeladamente. Mas depois recusou-se a fugir na base do projetado. Tomou banho e resto de café morno, mudou de roupa e deitou-se vestido à espera dela, esperou horas. Durante esse tempo, recordou Marina, Sicrana, Louro, Mudo, Bermuda, Boche, o nordestino do Sobrado, o pátio, o Perneta, certos incidentes da lua-de-mel sem graça e, até, Beltrano – a quem, de repente, odiou – mas consciente ou inconscientemente, omitindo Fulana, que não podia representar de modo algum.

Concluiu: ele é que seria o "sobrevivente" da fêmea que, tentando o suicídio a vida inteira, dispondo de inumeráveis meios e modos para praticá-lo, preferiu afogar-se num bidê lodoso de depósitos de mórbidas micções, cemitério de vírus não isolados e cocos: toda a escala de cocos que habitam vaginas malamadas, malavadas... e escamas fecais de retos onde medram minúsculos e suspeitos brotos de couve-flor.

Por que ter contado à Fulva, num galante arroubo de mau gosto, que havia se masturbado pensando nela, *nelas*? Por que não duvidou do acidente rodoviário, *transformado* no aborto da filha, que a autópsia deixou passar? Por que o utópico anseio de uma família ecumênica, se a família natural – pai, mãe, filhos e os laterais, ascendentes ou descendentes, quinta geração acima ou quinta geração abaixo – em si não representa mais do que a comprovada impossibilidade do convívio harmônico de apetites desencontrados? Um prato de lentilhas já valeu a lendária renúncia de uma herança secular, assim como pares de coxas vêm sendo trocados, há milênios, por uma coroa de ouro na terra, ou lotes incomensuráveis de estratos, altamente cotados nos feudos do hidrogênio.

Egrégias entidades o assistiam na sua alucinante angústia de minutos: sem o que, feliz e iluminado, não teria, como teve, a nítida antevisão do que viria (e estava vindo) após o havido sem o seu conhecimento contemporâneo.

Com a rara serenidade do agonizante na plena posse dos sentidos, saiu de (sua) casa como os corpos caem no vácuo: sem o ruído do mundo ou a atração gravitacional a perturbar-lhe a vertiginosa queda, pluma e chumbo sem peso ao mesmo tempo chegando às mãos do Onipotente: chão e morada dos seres reais sem existência.

Migratórias e fagueiras andorinhas

– Andou ciscando por aqui, não andou?
– Eu?
– Com quem é que estou falando?
– Você está ficando louca.
– Louca.

Na volta do giro pelo comércio, Fulana encontrou o quarto bagunçado: vidros de remédios entornados debaixo da cama, cadernos, livros e peças íntimas jogadas por ali: uma total profanação de seus guardados. No entanto, cuidadosamente conferido o acervo, verificou que nada lhe surrupiaram.

Raciocínio: se somente *ele* tinha a chave e acesso ao ninho noturno comum, como explicar a bizarra e inoperante defesa? Abrindo as despesas da carne e da alma, de que jeito justificar a curiosidade insana? Ciúme... prova de amor, talvez? Mas ciúme de quem, se era dele, inteira, inconsútil até, sem os microscópios intervalos de poro a poro? Ou o cretino pensaria que ela se dava por quê? A troco de quê? Senão de sua mocidade e tenência que tacitamente comprava?

Conteve-se, *para não perder o que ele acabava de perder para ela*, despachou-o com enigmático "me deixe com o diabo" e aguardou a chegada do Inventor e do Viajante: decidira acareá-los, numa única e desmoralizante audiência. De folga nesse dia, a empregada estava naturalmente excluída da suspeição geral e, pois, do inquérito.

Ofendido, o Arquiteto retirou-se para reaparecer de paletó e gravata: e ia saindo, quando ela pegou-o pela gola:

– Não vai me escapulir assim não, meu caro: até que os outros voltem, tem que agüentar aqui.

O jovem tentou reagir inutilmente, porém: puxando o estilete que portava sempre ao sair de bolsa cheia, com a ponta empurrou-o para dentro do quarto, que fechou por fora. Como evadir-se pelo basculante? Assombrado, não teve alternativa de gesto ou palavra: encolheu-se, feito a sensitiva silvestre ao toque do dedo: mas não perdeu tempo, começando logo a ordenar seus papéis e a desmontar a aparelhagem de pesquisas.

Se não havia convocação prévia, de hora marcada, é evidente que os esperados poderiam chegar quando bem entendessem.

O primeiro a surgir foi o Inventor. Entrou tão eufórico, que se diria embriagado. Sobraçava uma caixa de bombons e um molho de flores, que agitava no ar com as duas mãos, ruidosamente e rindo: enfim, após quarenta anos de lutas, conseguira patentear a hélice buleversante.

Sem se comover com os amarrados, que aceitou sem agradecer, Madame o deteve também: agora no banheiro, que ficava logo adiante. O velho pôs-se a gritar por socorro até que, já rouco, decidiu-se por um banho (o ruído do chuveiro não deixava dúvidas) e, ao que parece, refeito da excitação e surpresa iniciais, conformou-se ao resto: tanto que passou a cantarolar um trecho de ária italiana.

Lá pelas tantas da noite, regressou o empoeirado Viajante, carregado de malas de amostras das mais variadas mercadorias, encomendadas das mulheres de suas relações e presentes para o contador da firma que agenciava.

Através de calculada omissão, Fulana concedeu que arrumasse suas coisas, escovasse os dentes, fizesse a barba e se preparasse para a ducha que tomou, no banheiro privado de Fulano. Já empijamado, pediu café, no que foi atendido. Com sufocado *boa noite*, ergueu-se, meio esquerdo:

– Correr loja por loja, com esse calor, é obra. Quinze dias de colchão com percevejo.

– É. Mas espere aí um pouquinho, por favor.

Nesse justo momento, porém, ao dar-se conta do espontâneo álibi do outro, uma idéia de primária justiça sustou-lhe a execução do projetado.

– Perdoe, senhor, pode ir. Boa noite.

E foi libertar os prisioneiros, com "sinceras desculpas pelo mal-entendido". No banheiro o velho cochilava, nu em pêlo, sentado na latrina, a pique de cair. No quarto, de roupa nova, como se fosse uma cerimônia, o amante demissionário escrevia qualquer coisa: malas e pacotes arrumados num canto, com seu nome e próximo endereço.

Fulana anotou o endereço e, sem dizer isto, trancou-o de novo.

O caso é que, muito antes do padeiro, o Arquiteto já estava longe com o primeiro bando de migratórias e fagueiras andorinhas.

Mexido de comadres

Depressa arrependida por ter duplicado a sentença imposta ao Arquiteto (único suspeito) antecipadamente absolvido no imbecil processo aberto *contra* Fulano, foi procurar consolo na filial de sua cama, levando a caixa de excitantes artefatos ainda desconhecidos da parceira noturna.

Como se houvesse previsto o inédito ataque, a moça (até aqui dócil e seguidora do *curso* da patroa) recusou-se à experiência das novas fruições prometidas e minuciosamente descritas, alegando indisposição e cansaço. Então acabaram se entendendo. Não acreditou nas cólicas da semi-estropiada, cujos gemidos seriam de escarrado fingimento. Em outras ocasiões tê-la-ia socorrido com meia centena de gotas sedativas recomendáveis na emergência. Desta feita, porém, negando-se a aceitar as contorsões dolorosas da que "não devia adoecer", quando mais precisava dela, chegou a exigir a prova documental do incômodo.

Por isso, primeiro retirou a toalha que as pernas da empregada tentaram defender. Depois, mergulhou-a na pia. Um vermelho de fraca coloração e densidade. Tinta pura. Podendo ser tudo: de *ketchup* a mercurocromo diluídos.

Mas não exprobou a grosseira desculpa da parceira do vício, pelo simples pavor de perdê-la antes de completamente preparada para a vida que "poderemos levar na paz de Deus, sozinhas dentro desta casa".

Assim, pacientemente passou a recatequizá-la com insólitos argumentos e rápidas demonstrações do uso de apetrechos, na esperança de demover a resistência da "vitela que, de repente, resolveu achar que só macho presta neste mundo".

– Não choro o tempo que perdi lhe ensinando especialidades de forno, fogão, fogareiro e certas sobremesas reais. Lamento a sua ingratidão, logo passando adiante o segredo de minhas receitas. Sinto que já me traiu: só não sei com quem. No entanto, se fosse uma artista de verdade, poderia ficar com ele e comigo. Ou nós duas com ele... ou ela.

Amuadas – após a cena que não rendeu mais do que o resumido – deixaram-se de falar uns bons compridos dias e noites. Nem a súbita viagem do Arquiteto (a que, aliás, ninguém prestou atenção) serviu de pretexto para reaproximá-las num esquivo mexido de comadres.

Ilimitado amor

Assim que os dois retardatários surgiram à porta da entrada (especialmente reaberta para eles) marchando em cadência na direção do estrado, o Presidente cochichou aos ouvidos do secretário e soou o tímpano com força, pedindo silêncio e atenção. Que interditassem a porta da saída. Que ninguém se movesse dos lugares (as primeiras filas de cadeiras já se estavam esvaziando), uma vez que a sessão, formalmente encerrada por motivo de força maior, teria, tinha de prosseguir, estivessem ou não apressados pra fazer suas necessidades lá fora.

Em seguida, levantou-se para explicar a natureza excepcional da dupla honrosa visita dos cavalheiros que acabavam de entrar: apresentou-os, com reverência de cabeça e mão, indicando cada qual:

– Senhor Brustle – um dos fundadores do Centro – e o senhor Fulano, seu secretário, meritório estudioso dos fenômenos psíquicos, infelizmente desconhecido dos círculos religiosos: por sua modéstia e dado o tradicional desdém das editoras pela divulgação das obras iniciáticas. Em geral – anote-se para constar da ata – editoras dirigidas por ignorantes medievais, míopes do corpo físico e do corpo astral, remanescentes filhos de monjas demoníacas com o inventor da imprensa: aliás, patrício e conterrâneo do dito senhor Brustle, ambos naturais de Mogúncia.

Julgando-se na obrigação de agradecer o cumprimento, no seu e em nome de Fulano, senhor Brustle – ao dirigir-se ao Presidente – insistiu para que retirassem o caráter oficial das duas presenças "ante o augusto cenáculo".

Ouvindo mal a trêmula peroração (mãos em concha acústica), o surdo Presidente apressou-se em retificar, cavo:

– Augusto, não. Meu nome é Gregório Sena Parente.

Fulano, perplexo, aos ouvidos germânicos:

– Parente de quem?

Brustle:

– Da humanidade. Da humanidade.

Em seguida, o senhor Presidente recompôs a mesa com as substituições impostas pelo reduzido número dos médiuns restantes, dando abertura à segunda parte não programada do concílio semanal.

A prece coletiva foi recitada num silêncio de morte, e a invocação dos espíritos acompanhada do adequado fundo musical, somente usado nas reuniões comemorativas.

Boche e Fulano, hesitantes entre a chamada fila da orquestra e a última, destinada ao coro de mercenários contratados para as festas natalinas, não se sentaram: minúcia despercebida, uma vez que todos estavam doidos para dar no pé.

Não demorou muito para que reforçado mulato, ocupante de uma das cabeceiras da mesa, começasse a esbravejar contra as casadas que vão desperdiçar na rua o que economizam nas camas domésticas, citando o nome de várias "irmãs" que, presentes, se encolhiam, baixando as cabeças. Impermeável às preces e aos passes cruzados, o furioso aparelho passou a bananear os que tentavam interromper-lhe o libelo, acabando por esmurrar a cara do membro da mesa mais próximo. Então, à força, meteram-lhe dois ou três copos de água fluídica pela goela. Minutos após a lavagem da alma, serenou, parecendo admitir a sua morte física, ocorrida havia mais de três dezenas de anos: pelo que disse, depois de caprichadas contas feitas num pedaço de papel.

– Irmão: estais, agora, em condições de dar vossa manifestação?

– Não.

Mais passes, orações e borrifos d'água santa.

– Irmão, por favor, dai a vossa manifestação.
– Não dou não.
– Irmão, sabeis acaso onde estais?
– Não sei não.
– Estais entre irmãos, irmão.
– Se nunca tive pais, como poderia ter irmãos? Nasci e cresci numa lata de lixo.
– Como não fostes chamado, dizei ao menos qual o vosso mal e o que desejais de nós. Tudo faremos para ajudar-vos, na obtenção da graça a que aspirais.
– Eu quero um cu.
– Que dissestes, irmão?
– Uma palavra: cu.
– Quem sabe querieis dizer angu, talvez tutu... sururu, mandacaru... molungu... babaçu... pitu, cuscuz, talvez?

Berrou, socando a peitaria:
– Só quero um cu: no singular.
– Vosso nome, irmão.
– Cu.

Uma senhora de uns sessenta e poucos anos, gorda e batoque, atravessou a sala e veio postar-se aos pés do Presidente, de joelhos e mão postas, relinchando feito égua aos relinchos de cavalo inteiro:
– Posso revelar o nome dele, irmão? Eu sei o nome dele.
– Podeis. Deveis. Dizei.

- É Geremário, irmão. Passou a vida inteira me pedindo isso. Ó, como me arrependo de não ter-lhe satisfeito o desejo bobo de uma coisa à toa, que tantos e tantas dão por gosto sem esperar que lhes peçam. Agora o coitado purga por mim, pelo negado, vagando no espaço à procura do que não deve haver por lá. Se tivesse, ele não precisaria de baixar, não é isso? Por que baixou, tanto tempo corrido da desencarnação? Que faremos, Meu Deus, pra aplacar a mágoa que levou da terra, por minha culpa, minha exclusiva e máxima culpa?

- Para as dores do mundo, o primeiro remédio é reza e, como dieta, paciência. Oremos.

Todos se levantaram, menos o médium, na altura caído em estado de autêntica catalepsia: dentes cerrados, punhos cerrados, virtualmente cadáver.

Mal o aparelho libertou-se do guloso espírito de porco, que a todos espantou pela extraordinária e obstinada franqueza, chegava a vez da velha vir a ser tombada, sem mais nem menos. Só que em tranqüilo transe de flatulência: arrotos, soluços e traques cautelosos.

À falta de uma cadeira móvel por ali (as da platéia eram fixas, e as demais, que habitualmente volteavam a mesa, teriam sido devolvidas à moradora do lado depois da primeira cerimônia), sentaram-na na própria mesa, amparada que ficou pelos dois catequistas vizinhos. Se cedessem os lugares, provocariam um curto-circuito na voltagem etérea, no momento reduzida ao mínimo de uéites indispensáveis à manutenção da corrente formada.

Repetiu-se a liturgia. A mulher se refez do chilique e, com voz indiscutivelmente masculina, apesar de mesclada de acentos femininos, disse a que vinha (sem mesmo ser perguntada), escusando-se pela *obrigatoriedade* de psicografar o que se destinava a um único e determinado irmão. Sentou-se no colo do Presidente e desandou a garatujar a missiva de várias folhas. Pronta a carta, meteu-a no envelope correspondente onde se lia, além do nome de Fulano, um "ou a quem mais interessar possa, em proveito da justiça".

Ao despedir-se civilizadamente, o espírito manifestante saudou os irmãos com palavras bonitas e o tom dos advogados nas perorações de Júri – ora alteando a voz, ora baixando a voz – benzeu-os e bateu asas, cujo ruflar os sensitivos garantiram ter ouvido.

Uma prece geral, acompanhada do hino do Centro, reencerrou os trabalhos.

Aceso de curiosidade, Fulano quis ler em voz alta, ali mesmo – para ciência do grupo que o cercava – o que lhe fora endereçado.

Com a aprovação cabeceada do Boche, o Presidente interrompeu-lhe o gesto afoito:

– Em casos especiais, como o do prezado irmão, a praxe e a regra de nossos estatutos recomendam as do religioso respeito pelo sigilo da correspondência.

Somente o governo se concede o direito de violar cartas alheias. Não somos governo, somos governados... pelo Alto. E como acaba de testemunhar, pelos acontecimentos aqui desenrolados, não temos a pretensão de tutelar nem censurar os espíritos. Nossa missão terrena é a de, pela prece, enveredar as almas desnorteadas nos caminhos que levam à ilimitada paz, à ilimitada luz e ao ilimitado amor.

Delitos de cada um

Não o cantou naquele dia, nem o cantava, como a galinha canta ao pressentir algo a lhe forçar o sobre para entrar ou sair: ninguém ignora que nada sai sem ter entrado. Às vezes, um desabafo espontâneo pode ser recebido como insinuação calculada: não no seu caso, porém. Orando, a seu jeito especial de implorar altos favores do Cimo – despido da cintura pra baixo, rodeado de velas, ex-votos e inscrições ilegíveis – ao sentir que alguém lhe entrava pelas costas (porta aberta aos fluídos menos penetrantes de sua *aura*, por ele modestamente considerada menor), claro que não poderia identificar quem fosse. A não ser visitantes "comerciais", que alma ou corpo vagabundos perderia tempo em procurá-lo no infecto baú, numa terça-feira gorda de alegrias, vulvas, ânus e pênis soltos na rua, a prometer misteriosos romances perduráveis? Por isso rezava. Tal como, por simples gratidão, *por ter vindo sem ser chamado*, lhe oferecera as chaves e o suplemento das informações procuradas. Mestre de solidão – o segundo maior de seus tormentos, depois da luxúria – não era a primeira vez que sua discreta solidariedade moral e perdulária ajuda material pareceram "interessadas" a calejadas vítimas das dores comuns. Por isso também sua capacidade de compreensão esbarra na *queda* (de Fulano) que não pôde entender. No momento, entretanto, poderia ser e, portanto, era de genuína franqueza: ele, Perneta, é que pensou em deflorá-lo, na convidativa e propícia posição em que caiu. De cócoras: oferta e procura concordantes. Aliviou-se, quando o outro se foi, tropeçando feito bêbado. Aliviado de um alívio do qual participava muito de piedade e preocupação *pelo que pudesse acontecer-lhe depois, e ainda*.

Meia hora corrida e bem calculada, em atendimento ao fervor de suas preces, eis que o Esperado esticou em cima dele, derrubando-o pelo pescoço como se domina e derruba um garrote frustrado por não ser vitela: mão nas ventas, dedos no traseiro. Cedeu tudo, e cederia muito mais, se efeitos do excelso arrebatamento não o levassem a cometer dois desatinos irremediáveis: primeiro, reclamando o dobro da mercê recebida. Segundo, mencionando dinheiro (ignorante de que, paradoxalmente, e pela primeira vez, não pagaria o sempre comprado e pago à vista), após atingir a desarticulação dos nervos e vísceras ao impacto jamais sentido: tanto que evacuou, vomitou e urinou a um tempo.

Era um arlequim. Mas usava máscara e tricórnio fosfo-rescentes, luvas e sapatos de desconhecida substância e forma. Teve a súbita intuição daquilo ser disfarce de asas, pois que ele pairava no ar, graciosamente, mais leve do que a brisa matutina e mais fino do que o éter. Nos largos bolsos das calças balão, microscópicos aparelhos que não viu (óbvio): mas sentiu que o lubrificavam por todos os lados, como tantas almotolias (uma para cada poro) a injetar-lhe algo que não poderia ser deste mundo. Interrompendo a função – ao suborno proposto em gemidos de sempiterno reconhecimento – o Arlequim foi-se, enojado, sem palavra: na direção do mar, vazando edifícios e transpassando nuvens que expediam relâmpagos e coriscos preliminares da tempestade em confecção.

O resto do dia, e parte da noite procelosa, aguardou a volta do que supunha ter vindo para todo o sempre. Sem ânimo para ao menos dormir (sabe-se que sono e sonho consomem energia igual à consumida na vigília), ignorava o mundo e a si mesmo, entre o arrumar comprovantes de dívidas, empilhar notas de banco, empacotar moedas de diâmetros escolhidos, meter e retirar cilindros no e do traseiro. Como a experiência da operação lhe deu certo prazer – e não fosse um vulgar prazer o que quisesse – praqui e prali andou à caça de um instrumento de tortura e morte, digno da grandeza da autopunição que cumpriria, caso o Arlequim não voltasse até a meia-noite.

No monte de refugos, esquecido no canto da latrina em ruínas, o cano de ferro da descarga (intermediário entre a caixa d'água e o vaso) solto no encaixe superior foi-lhe a perseguida inspiração. Ocorre que, assim como o cachorro demitido volta à casa do amo à procura de comida após dias e dias focinhando latas de lixo alhures, o Arlequim voltou: talvez desapontado, talvez faminto, talvez enxotado de outros pátios e quintais. Voltou: especialmente para impedir que os morcegos – advertidos pelas moscas, gatos e formigas que já se vinham regalando com o sangue talhado e atrativamente fedorento – não transformassem o corriqueiro suicídio por amor em impossível homicídio sem cadáver.

Amor: amor ao efêmero de segundos, mascarado de eternidade. Livre da abjeta, mal cheirosa e claudicante forma, carcomida pela varíola, o espírito (por ora, e apenas, purgada a carne, duplamente faminta de fricções epidérmicas e vitaminas seminais) continuava flanando por outros mundos, no encalço do Arlequim, versátil e inacessível arlequim: seu novo castigo, não escolhido agora.

Comentário do Boche ao resumido texto da carta mediúnica:

– Uma consciência em paz dispensa provas: daquém e dalém. Excesso de prova é confissão de culpa:

mais aqui do que de lá, mas de lá também... até a evaporação do perispírito, poluído fluído que liga o corpo à alma não remida de seus vícios, só quitáveis pela reencarnação, ou reencarnações: segundo o prazo de vida terrena de cada qual e a soma dos delitos de cada um.

Mais ordem de recolher
do que despedida

Numa casa de tão poucas peças e poucos moradores, excluindo-se o Arquiteto e a criada – o primeiro, pela qualidade de ostensivo amante da proprietária, e a segunda por tê-lo surpreendido nu, com a agressiva ponta do punhal tinindo, ameaçando espetá-la na frente ou atrás – Fulano só continuava invisível para os outros dois hóspedes, impedindo, e por isso, a simultânea acareação dos três, minuciosamente planejada por Beltrana.

Dormir com o Inventor e o Viajante, juntos ou separados, desde que o íntimo sacrifício compensava a ambicionada quebra da invisibilidade do falecido, seria o máximo de suas aspirações atuais. Com isso visava: menos a reconquistar o Arquiteto do que, através das complicações decorrentes e esperadas, efetivamente despejar Fulano do teto que "desonrava". Então, e aí, revelaria por que antes o admitira como hóspede, e por que agora o demitia como espião da intimidade de todos e de cada um: dos vendedores de coisas, dos entregadores de compras, da vizinhança e das visitas.

A pretexto de comunicar aos inquilinos que a partir do mês seguinte, em virtude da retificação fiscal das taxas de água e saneamento, seria obrigada a aumentar-lhes o aluguel em um por cento (um décimo do abatimento que espontaneamente lhes concedera pelo Natal), deixou um bilhete debaixo da porta do quarto de cada um: com insólitos *beijos* para o Viajante, e *mil e um carinhos* promissores para o Inventor.

Aguardou um, dois, três dias: nenhuma reação de um lado ou de outro. No intervalo, nem soube (ou veio a sabê-lo mais tarde) quando o maduro viajante entrou em férias (deixou o devido com a empregada) e o provecto Inventor (pagamento em dia) foi estagiar num estaleiro da Marinha, interessadíssima na hélice. A informação posterior, abarcando a ambos, veio-lhe, a forceps, da hábil e falsa conivente. O caso é que mediante paga de quem mais desse, a empregada não hesitaria em revelar o havido, não havido, até o inexistente, na linha do interesse do freguês: eis a essência de sua "discreção".

Colecionador de coleções – de caixas de fósforo, moedas, *ex-libris*, selos, chaveiros, miniaturas de automóveis, rótulos de vinhos famosos, estribos, relógios, flâmulas de clubes esportivos... armas – o Viajante também acumulava álbuns de vistas do país, postais que escrevia dos lugares visitados a serviço, invariavelmente anotando, além de comentários sobre a cidade (vila, distrito, termo... povoado), a data certa da sua chegada e a provável da partida.

Recebendo, do estafeta dos correios, o último cartão (registrado) do inquilino, avisando a si mesmo, e antecipadamente, o dia e hora do regresso, a senhoria logo preparou-se para homenageá-lo com uma bóia extra (não fornecia pensão, como se sabe) e uma limpeza em regra do quarto, que mandou borrifar com uma dessas águas de colônia para massagens anticelulite: no caso, à base de cloroso lírio virginal dos lodaçais.

Apegando-se à realidade do inexistente, ou louca para livrar-se da obsessão do Arquiteto, compenetrou-se de que o cartão lhe fora especialmente endereçado: o que a fez contratar um táxi e largar-se para a Rodoviária, onde aguardaria o interestadual portador da metade da solução do seu problema, no momento se desdobrando em dois: presente e futuro.

Corretíssima no papel da perfeita recepcionista, passou horas e horas no desconfortável banco de pau da estação, curtindo calor, fome, sede e nostalgias do mictório. Acontece que o Viajante não desceu de nenhum dos ônibus da carreira, coisa que verificou, atenta como estava à plataforma do veículo esperado, cuja cancela ele não poderia deixar de atravessar.

Desapontadíssima com o fracasso da aventura empreitada (a noite baixava com relâmpagos e estrondos de raios), voltou à casa: xingando a mãe do Viajante, sua bagagem, poltrona e guarda-pó, a empresa de transporte, Fulano, Beltrano, Inventor, Arquiteto... além de amaldiçoar o dia em que se deu pela primeira vez, o dia em que pariu... todos os adultérios cometidos e todos os abortos que provocou, para ocultar a culpa que não tinha: ter nascido com uma vagina permanentemente disponível, a secretar corrosiva calda bordalesa à idéia – mera idéia – de ser penetrada pelo que fosse, órgão ou objeto.

Ao chegar, entretanto, fingiu não se dar conta do Viajante à mesa da copa, tranqüilamente tomando a sua cerveja preta, enquanto relia, embevecido, os próprios bilhetes.

Cumprimentou-o com quase imperceptível movimento de cabeça: mas não o convidou a comer (a intrigante mesa de cerimônia, florida e posta na sala de jantar), liquidando a presença da criada com severo "até amanhã": mais ordem de recolher do que despedida.

No justo momento
em que Fulano entrava

Afinal convenceu-se de que a protegida não entregava os bilhetes ao Viajante, nem os presentes, nem os convites para sair (horário e pontos de encontro marcados na cidade), nem o encarecido oferecimento para acompanhá-lo numa de suas andanças, "despesas separadas".

De mãos postas, jurando por deus e pelo diabo, a empregada negou as sonegações que lhe eram atribuídas: ninguém mais do que ela estava interessada em conhecer caras e lugares novos, se deveria acolitar a patroa, conforme o combinado. Foi quando – e por que – Beltrana decidiu atacar o Viajante diretamente, usando a sua autoridade de dona de casa. Meteu a mão na maçaneta da porta do quarto do hóspede, que resistiu ao leve empurrão. Aí, calçada da autodesculpa para fazê-lo ("vim flagrar: sei que anda recebendo mulheres da vida debaixo do meu telhado"), não teve dúvida: empurrou a chave com um grampo de cabelo e, com a duplicata que trazia à cinta, adaptável a todas as fechaduras, entrou sem mais dificuldades: a porta estava apenas encostada, com uma cadeira atrás, coisa que não pôde perceber.

O homem roncava ou fingia roncar, cabeça pra cima, braços cruzados, abajur aceso. Na mesinha de cabeceira, a dentadura de dois andares boiava no copo d'água mentolada. Ia tentar virá-lo para o canto da parede, para acomodar-se ao lado dele, mas desistiu: aos resmungos ininteligíveis do outro, acompanhados de gestos de quem, molemente, espanta mosquitos. Desistiu, mas ficou. Depois, agachou-se ao pé da cama e pôs-se a babujar o que sonhava estar recebendo a visita da empregada, prometida para "qualquer hora dessas, com ou sem a ratazana em casa".

Ora: como nenhum garanhão consegue fingir a potência inexistente, estimulada pela retribuição à muda homenagem, Beltrana prosseguiu até o fim do pretendido. Certa de lealdade do silencioso ajuste (no caso, quando se fala, não se entende) foi-se, feliz, com o carrilhão da sala batendo meia-noite.

Na manhã seguinte, ao arrumar as malas de amostras e roupas para a próxima viagem, após o café que a empregada lhe trouxe (pela quarta vez, e sem ser pedido), eis que a proprietária invade o quarto com um esfuziante bom-dia e, com a maior desfaçatez, cobre-o de beijos ruidosos, pouco lhe incomodando o pasmo da testemunha.

A rapariga retirou-se atabalhoadamente, feito cadela enxotada por um relho invisível, ao passo que o Viajante, deixando-se esfacelar na cama cheia de pacotes, a terríveis penas conseguiu gemer um gaguejado "minha senhora... não compreendo isso", que era, a um tempo, rendição e pedido de clemência ao inesperado impacto do corpo de chumbo e ao narcotizante perfume da camisa de dormir, que ela rasgou ato contínuo.

Manietado pelos braços em alicate (ela teria mais meia vez seu pequeno peso e talhe), sufocado pela boca ainda porejante da baba da véspera, nem com as pernas o Viajante pôde defender-se, se a dupla hérnia ingüinal o traía, e traiu, a favor da parte adversa... portanto só usava o incômodo par de fundas nos dias de caça, na sola, aos devedores relapsos ou clientes estabelecidos nos fundões intransitáveis por veículos.

A luta duraria mais se a mucama (movida por uma ponta de ciúme, curiosidade pelo desfecho do que viu começar ou simplesmente intrigada com a demora da senhoria) providencialmente não viesse interromper o assalto, logo tonteando a insistente megera (surda aos "tá sufocando ele, dona") com sucessivas porradas de cabo de vassoura na cabeça e nas costas.

O pobre respirava com dificuldade. Bebeu o copo d'água açucarada que a moça lhe trouxe e, apoiado nos braços dela, ensaiava transpor o volumoso corpo da agressora, quando Beltrana, num ímpeto (ainda, e mesmo estirada no chão) enlaçando as coxas do Viajante com um braço e uma das mãos, com a outra apertava-lhe o "aparelho", feito o sineiro agarra e agita a corda do badalo. Ou como o vaqueiro ordenha.

Nesta altura, a criada pôs-se a berrar, engrossando os urros da vítima, que caiu desfalecida.

Não havendo pessoa em casa para acudir os feridos (a coroa sangrando na cabeça e ele no pescoço e peito de inumeráveis mordidas), a empregada despencou-se pra rua, gritando por socorro: no justo momento em que Fulano entrava.

Pra que a debaixo renasça

Ao *chocar-se violentamente* com a criada na sala de visita, descobriu que também a transpassava, daí concluindo não tê-la possuído pelos dois lados, segundo diziam na pensão.

Em posteriores reconstituições mentais do ato a ele atribuído, chegou a admitir, vacilante e confuso, o que ela também afirmava: mas admitia para negar ou negava para admitir? Assim, a versão do duplo estupro teria nascido da vontade dela em ser tomada por ele: coisa que os antecipados uivos histéricos impediram, no desperdício da excepcional ocasião.

Agora, tanto tempo depois, deduzia ter alarmado a moça menos pela nudez geral do que pela dimensão e volume do que trazia entre as pernas: único alvo dos olhos dela na manhã do escândalo.

Como se explicaria, então, sua invisibilidade atual

para quem já o tinha visto quando ninguém o via? Se se materializava para os que lhe tocassem a mulher, *dentro de casa e a partir de sua morte*, o fato de fluidificar-se para a criada, neste momento, *só poderia entender-se pela reversibilidade do mesmo fenômeno, no tocante à viúva*. Partindo desse raciocínio, concluiu o que uma possível (se um dia mais fosse possível) nova consulta a Beltrano confirmaria: *antes da "descoberta" do Arquiteto, Beltrano já vinha preparando a moça para seu uso e reserva*. No caso, portanto, a estréia da lésbica poderia ter-se dado na mesma noite do dia em que a ex fora buscá-la na Assistência, cheia de dengues, dedos e ademanes: viu-as chegar de táxi, abraçadas, dias após a alta da alienada convalescente: pra quem Beltrana mandou construir um puxado no quintal, com banheiro completo e outros confortos, além de triplicar-lhe o ordenado.

Fulano perguntava-se: durante as obras, onde dormiria a jovem? No quarto da patroa, que por mais de uma semana a reteve ali, em repouso e dieta: café, almoço, merenda e jantar servidos na cama.

Refeita e reempossada no seu ofício e cargo, nas poucas vezes que se encontraram a empregada não o cumprimentou: prova de agastamento? Não: *prova de que não o via mais, deixando de vê-lo após o "incidente"*.

Bem: reanimando-se Beltrana, Fulano transportou-a para a cama de *seu* quarto, cobrindo-a com folhas de jornais. Não poderia fazer o mesmo ao Viajante, dada a incompatibilidade das *matérias* de que eram feitos: deixou-o, pois, estuporado no chão, como o encontrou, e a empregada o reencontrou ao regressar com o prático da farmácia próxima, trazendo gaze, algodão, sedativos tópicos e injeções estimulantes.

Parte do dia a empregada gastou-a no atendimento aos seus amantes paralelos, correndo de um quarto a outro: até que os dois, recuperados, puderam se entender sem (aparente) constrangimento, lá pela altura da noite.

A verdade é que tudo poderia ter acabado mais cedo, se logo se refizeram às picadas de cânfora-esparteína. Mas ambos, senhoria e hóspede, conscientemente retardando a mútua reação, pareciam preferir as horas caladas para o confronto das respectivas explicações, que a rapariga coordenou, levando recados daqui pra lá.

Senhoria (para o Viajante):

– Quer saber de uma? O senhor não é de nada.

Viajante:

– Sou mais do que pensa. Pergunte a ela.

Empregada:

– É muito mais do que pensa, se é que a senhora pensa: muito mais.

Senhoria (para a empregada):

– Hipócrita.

Viajante (para a senhoria):

– Hipócrita por quê?

Senhoria:

– Ela sabe muito bem porquê. Hipócrita e ingrata.

Empregada:

– Não sei. Mas, se sabe, diga por quê.

Senhoria:

– Não digo.

Empregada:

– Se sabe o que eu sei, pensando que eu não sei o que você sabe, isto significa que não sabe nada.

Viajante (com certa rispidez):

– Pois, muito bem: duelaram muito bem. Está encerrado o sumário de culpa. Culpas.

Silêncio de três bocas desapontadas.

Senhoria (coçando a cabeça):

– Quando os dois pretendem ir-se embora?

Viajante e empregada (em coro):

– Agora.

Senhoria (para a empregada, abrandando a voz, quase conciliadora):

– Não quer antes fazer as contas, conversar comigo em particular, lá no seu cômodo?

Empregada:

– Nossas contas já estão feitas, e não quero mais *particulares* com a senhora.

A senhoria baixou os olhos, lacrimosos, vencida. Remoendo o fracasso da acareação "projetada para o bem de todos".

Neste exato instante, à porta do *Berlim*, Fulano abria-se ao Boche com uma franqueza jamais usada pra consigo mesmo, nos seus freqüentes exames de consciência. Desabafava e *previa*.

Brustle o estimava:

– Conte tudo: o que sabe e o que supõe. Só se cura uma ferida ruim raspando a casca. De cima, pra que a debaixo renasça.

Em alguma parte do escritório

Quando conseguiu tempo para ir ao consultório de Beltrano (fechado), com a intenção de participar-lhe a *volta* do marido e, pois, o fim de suas inibições e angústias, já havia "enterrado" Fulano, o que significava não poder interromper o tratamento, devendo antes duplicar o número das sessões semanais. Tanto mais quanto, agora, uma imprevista onda de admiradores (pelo aspecto, contrabandistas, agiotas fracassados pela concentração do capital em mãos caloteiras, cáftens e titulares afins) andava a persegui-la por todos os lados, com mesuras gestuais de inofensivos apaixonados do tipo "vejo com os olhos, lambo com a testa", mas lhe ressuscitando *outros* cadáveres.

Um Calvo, por exemplo, a quem fora obrigada a cumprimentar em várias oportunidades (a iniciativa deveria partir dele, se fosse um cavalheiro), pela insistência maior com que a seguia, desde que se encontraram na ante-sala do médico. Na ocasião, apresentou-se sem mencionar o nome, cedeu-lhe a vez da consulta (realmente estava nervosa e apressada), alardeando sua intimidade com Beltrano: de quem seria, além de cliente, amigo e primo. Daí por diante não pôde mais livrar-se da sombra sinistra, até nas idas e vindas do banho de mar. Entre uma abordagem direta e a perseguição silenciosa, preferiria a primeira, "se se tratasse de um homem". Mesmo na passiva qualidade de mulher, quando se interessava por alguém, não vacilava em tricotar desculpas para ancorar no porto de sua escolha episódica, etapa de descarga ou de abastecimento.

A única confidente de que poderia dispor, na aflição atual, era a cartomante que freqüentava desde sua arribada ao país.

Desarvorada, procurou a amiga.

Voz soturna, entremeada de arrastamentos estratégicos de certas inflexões, a hierofante começou:

– Linha horizontal de pausas rasuradas: sinal de queda e quebra. Sentimentalmente falando, desordem e confusão na troca impensada de amantes cronológicos. Prenúncios veementes de escândalo, fervendo nos tachos de ferro da lei. Denso molho de escabeche aguarda os acontecimentos nas sujas combucas de cobre azinhavrado das cozinhas dos *loydes.* Candidatos em profusão (aparentes candidatos) ao amor e à bolsa da madame. Querem mais, farejam longe. Veremos amanhã o que dizem os arcanos do bem e do mal: os vinte e dois maiores e os cinqüenta e seis menores. Hoje não poderei interpretá-los. Emprestei minhas tábuas de Tarô a um colega. Sentiu um arrepio agora?

– Estou sentindo.

– Pois são *eles* chegando. Estão aí mesmo, atrás da madame. Não foram seus amigos nesta, nem o serão na outra. Não pule os muros do quintal, para o perfeito equilíbrio do corpo e da mente. Corpo (desculpe) já gasto. Mente (parabéns) de periquito verde, tirante pro azul de outros céus, saudosos da madame.

– Que significa tudo isso? Até aqui vinha traduzindo mais ou menos. Quem morreu depois do assassinado?

– O outro cafajeste, metido a apóstolo. Leia os jornais. Viagem. Mar manso na alma, tempestade no mar. Não devemos desprezar os bens terrestres: mas usá-los com parcimônia. Tudo que se toma em demasia é nocivo: até água. Além de ingratos, os cristãos são incoerentes: pregam o desdém pela vida mundana e dão graças diárias por vivê-la. Vou repetir: mar manso na alma. Apesar de séria concorrente trigueira vir interceptando rendoso e novo amor à vista. Uma víbora é uma víbora: mas só se revela à hora do bote.

Com turvas perguntas e respostas de lado a lado, a entrevista terminou com o conselho final, encerrando as considerações moralizantes da falsa e suarenta vidente:

— Primeiro, consulte um médico do corpo: está padecendo os efeitos dos excessivos regimes para emagrecer. Depois, descubra um médico de alma: porque, perdoe a franqueza, está mais adiposa por dentro do que esteve, há tempos, por fora.

— Conhece algum?

— Da alma ou do corpo?

A mulher abriu a gaveta da mesa de "operações", dela tirando um cartão:

— Procure esse. Distinto, capaz, reservadíssimo: meu amigo. Marcarei sua hora pra de tarde. Me telefone.

Foi: para... defrontar-se com o Calvo, desta feita mais desembaraçado do que qualquer galante mulherengo de beira de praia.

— Ah, madame. Enfim, a sós. Não queira saber quanto venho sofrendo por vê-la na intimidade. Não sabia meu nome? Não lhe disse meu nome? Pois na cidade inteira, do cais do porto ao palácio do governo, sou mais conhecido do que o ferrabrás chefe de polícia. Sente-se, por favor.

O "especialista em doenças do espírito" conhecia-lhe a vida com minúcias de estarrecer.

Após desnudá-la aos próprios olhos e ouvidos, começou o blandicioso, pachorrento interrogatório sobre as "afecções" atuais da consulente: ficando tudo cronometricamente registrado em duas bandas do magnetofone oculto em alguma parte do escritório.

Digamos de... pêsames

Após quase sessenta dias de sono clínico, Beltrano *acordou* morto.

Não passou pela cabeça de ninguém que pudesse ter sido assassinado por seu médico assistente. A não ser pela louca da enfermeira, que dormia na cama do interno cardiologista nas noites de plantão de ambos: involuntária, mas necessária atestante do que aquele esbravejava, em sonhos, contra a crueldade do mestre, casualmente, agora, sua posse e presa: "para a vida ou para a morte". Pois com a morte (no caso, essa) que sempre separa, médico e enfermeira se uniram muito mais.

A notícia chegou ao Boche com a conta do hospital, condolências da Sociedade Nacional de Psiquiatria e a comunicação de que seu amigo fora enterrado há quinze dias. Lamentavam não ter tido tempo de avisá-lo a tempo: em virtude da profusa safra de óbitos no mês passado.

Fulano achou dispensável e sem nexo a celebração de uma missa de sétimo, na altura do décimo quinto dia do trespasse de quem, a seu ver, não deixava memória digna de uma vela de sebo. Apesar disso, o Alemão arranjou jeito de pingar umas poucas lágrimas no irreal esquife do cliente, amigo e confrade, simbolizado pela cadeira em que o falecido se sentava e ele sentou-se (em seguida, mandou incinerá-la) pra "timbrar" a homenagem que lhe prestava "de coração partido em dois", sendo que metade ele cedia a Fulano, "quisesse ou não associar-se ao *ato*, doloso pelo fato".

Entre os papéis do bolso de Beltrano, recolhidos no momento de sua internação, encontrou-se uma carteira com nome completo, data de nascimento, filiação, naturalidade, profissão, estado civil, endereço, pessoas que deveriam ser procuradas em caso de acidente (três ou quatro, menos Fulano) e a advertência de que no Tabelionato tal, livro tal, folhas tais, estava registrado seu testamento público e, pois, legalmente franqueado a quem quisesse lê-lo.

Sem poder resistir ao convite do outro mundo, o Boche procurou o notário indicado: na moita.

Que Beltrano era solteiro e detentor de ponderável fortuna, todo mundo sabia. O alemão ignorava é que ele fora pai: "pai da mulher mais apelante que jamais existiu", há doze anos massacrada pelas rodas de um rodoviário "dirigido por um demente, a quem, em nome do Espírito e no meu próprio, justicei com a mão assassina, digo, que assina o presente mandado".

Se fosse viva, a ela deixaria o de seu. Morta, dividiu as economias em três partes: "terreno e prédio do hotel em que resido para Sicrano (individualizou o mais bem aquinhoado), que me acompanha e serve desde que resido nesta cidade". Apólices, letras de câmbio e ações de laboratórios farmacêuticos ficavam para a "filarmônica da terra do meu berço". Dinheiro em espécie, depositado nos Bancos, para o "clube de minha preferência, desde que saia vitorioso no campeonato interestadual do ano da minha morte. Ao contrário, que tudo vá parar nas mãos do primeiro beneficiário aqui citado".

Embora considerando a partilha surpreendentemente excêntrica, desafinando com o temperamento visível do desencarnado, o Boche voltou a derreter lágrimas: quando leu (leu, releu, tresleu) sua nomeação para exator da última vontade do falecido. Achatou-se à prova de confiança derradeiramente revelada: a data do papel não tinha oito meses, e suas relações de amizade não iam pra lá de um ano: "freguês é uma coisa, amigo é outra, irmão mais do que as duas e procurador, *in-extremis*, mais do que as três".

No ofício de testamenteiro, acabou sabendo, por tricas e futricas de escreventes, que o herdeiro do hotel não passava da misteriosa *grande amiga* a que Beltrano, de vez em quando furtivamente mencionava, trocando Mário por Maria e alguns adjetivos carinhosos.

Processados e expedidos os *formais*, nos termos forenses, o Alemão embolsou a percentagem que a lei assegura aos legatários de encargos, passou uma noite com Mário (não deu certo, não podia dar) e sepultou todos esses acontecidos numa novena de genciana, *underbergue*, cinzano, cachaça e campari.

Os avisos-fúnebres dos jornais publicaram convites para a missa do trigésimo dia da morte do professor Beltrano.

Na igreja vazia (sete horas de manhã chuvosa), quatro pessoas: Fulana, *Maria*, Marina e um sujeito estranho (baixo, curvo, luto e óculos) a quem a consulesa dirigiu cerimomioso cumprimento com a cabeça: digamos, de pêsames.

Inesperado amigo

Havia muito que a imprensa não publicava uma linha sobre "o mistério do cortiço" (designação unânime do caso nas suítes dos diários) que, ao faro dos editorialistas policiais, teria deixado de interessar ao público, ávido de novidades cada vez mais escabrosas e sanguinolentas.

Os "implicados" não seriam da mesma opinião: Fulano julgava por si, agora que se fez leitor obrigatório de toda e qualquer folha sensacionalista, sobretudo dedicada ao crime.

Pois justamente nesse domingo de noticiário tranqüilo, o Boche lhe traz conhecido semanário marrom com duas páginas de mulheres seminuas, entre as quais foi-lhe fácil descobrir uma antiga Marina (mais fina e jovem), visivelmente rebelde às poucas folhas de parreira que a continham mais do que cobriam.

A manchete não correspondia aos clichês. Uma vez que o texto se referia à reabertura do processo, ao passo que a matéria seguinte, versando mundanidades, identificava nominalmente as senhoras na sublegenda que ilustrava e documentava (fotograficamente) o coletivo saque ao "albergue do intrujão".

Surpresa (em termos) e espanto (verídico), associados às revelações anteriores de Beltrano, fizeram-no decidir: no dia seguinte, pela manhã, procuraria o presidente do inquérito, a quem exibiria o original do recado mediúnico, capaz de aliviar a sua e a alma das outras vítimas da prolongada inquisição rotativa que vinham suportando.

Não revelou o propósito ao Boche que, apesar de *s.a.* espontâneo, pela via espírita, jamais se inscreveria na linha oriental do ver-ouvir-e-calar até que ele e o fato se identificassem com a Lei do Cosmos, livrando-o, portanto, do ônus da opinião pessoal. No entanto, era um palpável solidário (de nascença) às dores do próximo: da dor de corno (experiência própria) à dor do parto: mesmo que fosse para livrar-se do imposto de renda, a verdade é que, sozinho, mantinha meia porção de pequena maternidade para mães indigentes.

Na delegacia fingiram não o reconhecer: exibiu carteiras. Recebido com um alvoroço que julgava imerecido ou, se merecido, exagerado (das outras vezes que lá estivera a chamado não lhe dispensaram a menor consideração), um rapaz bem apessoado e falante levou-o a determinado cubículo (ao fundo de enfumaçado corredor), onde mal cabiam a mesa, duas cadeiras e uma escarradeira-cinzeiro-tripé.

Um tipo de óculos, metade careca, luto fechado, brilhante de limpo e cheirando a sabonete, já o esperava: sorriso na boca, sorriso nos olhos, sorriso na calva, sorriso na voz.

Disse a que vinha, mansa e pausadamente, sem deixar de encarecer, com certa ingenuidade, o "plano de piedosa colaboração" que lhe havia custado dias e noites de sofridos vaivéns.

O Inquisidor abriu o envelope, que rasgou sem cerimônia.

— No subscrito estava um *no interesse da justiça*, que o senhor nem leu.

— Não é preciso.

Desdobrou as laudas, que absorveu em segundos de leitura dinâmica. Grampeou os papéis e guardou-os numa espécie de arquivo manual de papelão.

Cruzou os braços e:

— O senhor acreditou realmente no que me traz como prova da inocência geral dos nomes registrados antes na caderneta do assassinado?

— Acreditei. Acredito.

— Pois sinto muito. E quer saber por quê?

— Quero.

— Chegamos à conclusão de que o senhor, exclusivamente o senhor, teria interesse na morte do agiota. Não por dinheiro, entende-se. Mas por escusas conexões (quem ignora isso na área do Mercado?) de sua excelente figura com a família de certa dama, que (não sente a diferença de posição, idade, classe social?) passou a perseguir sem pausa. Não poupando no trabalho informante nem a filha postiça do casal estrangeiro que hospedamos, uma jovem escurinha que pretendeu estuprar *mas não pôde*. Seu prontuário está completo e encerrado, meu senhor. Prontuário ou despedida, como quiser. Para liquidar o caso ou, como dizemos nós, apressar sua pronúncia após a remessa dos autos à Promotoria, só faltava mesmo a sua confissão, coisa que, sei, acossado pela consciência de homem de bem (a lei não proíbe as paixões), veio fazer.

Mais gentil e mais lento ainda:

— Prevendo sua reação, no encontro que eu aguardava que se desse, e por felicidade nossa ocorre, ofereço-lhe, depois de maduramente pensadas, duas opções: ou o senhor afronta a vergonha de seus dias, a lei e o castigo, dispondo-se a agüentar anos de reclusão... ou se *suicida*, ganhando a liberdade e a paz. Seu *suicídio* encerrará o feito. Sua menor resistência será seu verdadeiro suicídio, porquanto não nos interessa sujar nomes respeitáveis em benefício de um insano que acabará indo a ele.

De maneira que, se tivermos de o *exemplar*, apenas abreviaremos o que o senhor mesmo fará a qualquer momento, nesta altura de sua existência cheia de boas intenções, reconheço, mas enodoada de ações indeléveis, todas derivadas do sexo.

Fulano começou a chorar. Antes de prosseguir – aparentemente penalizado – o Inquisidor chegou ao ponto de oferecer-lhe um comprimido tranqüilizante.

Depois, com o mesmo sorriso do início, sem alterar a voz:

– Então?

Sem ousar contrapropor isto ao que lhe era imposto como uma faca no peito, balbuciou:

– Que devo fazer?

– Não escolheu?

– Não.

– Escolho pelo senhor. Agora sim, praticando verdadeira obra pia. Assine este papel em branco. Mude de país (ideal) ou de estado. Ou mude de negócio, de cara, de bairro, de pontos de encontro e de amigos: ordene seus negócios se for o caso, e leve nosso entendimento para o túmulo. Em quarenta e cinco dias terá nova identidade, se não resolver desencarnar-se. O que, particular e antecipadamente, considero a última e maior burrada de sua vida. Creia que falo como seu inesperado amigo.

Higiene mental
de que ambos careciam

Primeira ceia a dois, dos dois, na casa do Boche. Prato de resistência trazido do restaurante, mas feito de suas mãos: gostava de assinar seus *lieder*. Acompanhamentos clássicos: vinhos, queijos, molhos picantes, frios, broas de centeio e horas de bruxoleante conversa fiada.

Quase trôpegos, ao deixar a mesa gigante, ainda tentaram uma impossível partida de damas. Vencidos pelo sono da entorpecente química de levedos, acabaram se ajeitando por ali mesmo (somando cadeiras, sofá e almofadas) até a tarde do dia seguinte. De corpos moídos e infernal ressaca, multiplicada pelas notícias dos vespertinos: a justiça já sabia o nome do matador do Perneta ("foi visto ontem nas proximidades do Mercado"), só não divulgando a fim de evitar alarmes prejudiciais ao término das diligências, que a palavra da polícia técnica deveria encerrar e lacrar para a eternidade.

De qualquer modo, somente as pistas respaldadas nas últimas vinte e quatro horas é que permitiram a "feliz conclusão", verdadeiro *habeas-corpus* para inumeráveis biribas preventivamente confinados no depósito de presos à espera do "sorteio de cabeças".

O alemão fuçava displicentemente os títulos dos jornais, detendo-se nesse ou naquele que lia em voz alta. Depois, amontoava numa cadeira as folhas repassadas, para que o amigo fizesse o mesmo. A que mais poderia interessar a Fulano (mencionava a sua visita ao Distrito), entretanto, ele teve a delicadeza de omitir e a "brutalidade" de jogá-la no assoalho com expressivos palavrões federais.

Em seguida, foi preparar o café, voltando com a nova de que "meu gerente doméstico" se esquecera de ligar a bomba do reservatório, motivo por que não teriam água nem pra lavar a boca. O próprio café fora preparado com água mineral. Mal ou bem, ingeriram a salobra bebida, e se encolheram, visivelmente preocupados: um, assoviando valsas arquivadas, outro, tamborilando a tampa do aparador de vidro, onde bandeja, bule, xícaras, manteigueira, açucareiro, talheres, pão, geléias e frutas seriam a sobremesa dos mosquitos, já fartos dos restos salgados da véspera.

Porque são os intervalos que abastecem as palavras de significados, longamente "conversaram" telepaticamente. Por fim, "chegavam" ao ambicionado acordo de cavalheiros: só exige provas quem duvida – e provas do *que* duvida. Não sendo essa a hipótese em questão, desceram no mesmo elevador e cada qual tomou seu rumo: antes trocando redundantes manifestações de solidariedade no ponto de ônibus ("conte comigo pra qualquer coisa" e "muito obrigado pela compreensão"), guarnecidas de abraços e "saudades" antecipadas da "inesquecível noite" de higiene mental, de que ambos careciam.

Mais evidentes do que a luz do sol

Era de tal virulência a epidemia de suicídios, com surtos seriados de características iguais (água fervente, fogo nas vestes, ingestão de barbitúricos, gás, afogamento, cortes de pulso, haraquiris... tiros no ouvido), que os jornais criaram a seção *suicídio do dia*, dando destaque aos requintados e empilhando os cadáveres sem adjetivos na vala comum das colunas de quatro centímetros, corpo seis.

O "tresloucado gesto do industrial", no entanto, mereceu duas publicações em negrito, tipo dez entrelinhado. A discriminação só deve ter intrigado os paginadores: afinal de contas, a trajetória do volume na queda não é coisa que se meça e tome como índice de originalidade do meio escolhido pra quem, voluntariamente, se despede do mundo. Assim, a ênfase dada à notícia excitou tanto certos fregueses da cervejaria, conhecedores de Fulano (pelo menos, de vista e nome), que muitos deles procuraram a delegacia distrital, encarregada da ocorrência, sedentos de minúcias. A que horas foi? O fato foi testemunhado? Se o *elemento* transformara-se numa pasta de ossos e sangue, como puderam identificá-lo? No pulo, os documentos que portava não teriam caído antes dos bolsos no projétil em arremesso balizado, perdendo-se por ali, nas crateras incineradoras de lixo atrás do prédio?

Aos primeiros curiosos, o comissário ainda se dignou exibir (camuflados com fortes manchas de iodo) os papéis do morto. Aos últimos, já impaciente, ameaçou prender, caso insistissem no "equivalente a um pedido de revisão do laudo da autópsia", como se três professores médico-legistas fossem capazes "de confundir vísceras humanas com miúdos de porco".

Após sua mudança de plumagem – de ordem superior, passou a usar peruca, barba cerrada e bigode imperial – Fulano homiziou-se na casa do Boche, onde esgotava os dias lendo jornais. Quando deu com a notícia oficial de seu suicídio, teve duas reações: primeiro, fez um muxoxo de lábios trêmulos, feito o da criança que, depois da coça injusta, revoltada, vacila entre o chorar ou conter-se. Em seguida, desandou num discurso tão violento contra as instituições da terra e do céu, que o Alemão começou a sentir-se mal. Apesar disso, estimulava o amigo, enchendo o arfante peito de prima-dona:

– Machuque a ferida até sangrar. Sangrando, seca; secando, cura. O que está acontecendo, na realidade não acontece: é um simples chorrilho de pesadelos.

Quase madrugada (passaram a noite bebendo sem dizer palavra), mostrou ao coiteiro as cartas, os retratos (num deles, Beltrano, Fulana e a filha banhavam-se no rio, exuberantemente nus) e a roupa de batismo do nascituro.

– Ainda tem dúvidas de que ele era o senhor das duas, podendo ter sido o pai do aborto que promoveu, justificando o crime com o atropelamento inexistente? Que estaria fazendo àquela hora na beira do mato? Tentando uma carona para conduzir a moça, talvez já agonizante, ao hospital próximo? Por que, no testamento, teve o cuidado de atribuir-se o assassinato do chofer? Para justificar o enredo que teria cochichado aos ouvidos da puta, na fiúza de deixar uma lembrança menos desfavorável para o seu "eterno amor", mesmo – ou sobretudo – depois de enterrado?

– Mas será possível tanta sordidez numa alma humana?

– Até na dos anjos, que também traíram pelo sexo, quando se encarnavam só pra trepar nossas filhas. Não estou sendo vítima de um *impossível*, cuidadosamente concebido e desdobrado em minúsculos *possíveis*, mais evidentes do que a luz do sol?

Baixou a cabeça e voltou ao que vinha fazendo

Dez, doze, quinze... cartas de condolências que recebia diariamente, assinadas por estranhos de todas as profissões e cantões, não chegaram a arrancar-lhe uma lágrima retardada. Se ninguém vive mais de uma vida, ou morre mais de uma vez, por que essas extemporâneas manifestações de pesar pela sua viuvez, consolidada pela abertura de um inventário que vinha navegando há tempos nos estreitos forenses? Ou seu procurador a enganaria, ao vir-lhe tomar a assinatura pra isso ou aquilo, embora lhe prestasse conta mensal de saldos de faturas pagas a fornecedores... além de sempre abrir-lhe a bolsa para o que precisasse, uma vez que vinha usando (repetia isso a cada visita) "apenas parte da parte liberada da herança"?

Com a pulga atrás da orelha, decidiu submeter-se à última humilhação de seus dias: foi procurar o "nojento" gerente da firma que, àquela altura, já teria reduzido a loja a prateleiras vazias, torrado as reservas do depósito, vendido o prédio e maquinarias da fábrica.

Odiando o "repugnante tamanduá", que a intrigara com o próprio patrão, "inventando" que ela o teria "atacado" no escritório... desde então nunca mais botou os pés na sede da "guitarra" do marido.

Assim é que, oito anos sem vê-lo ou ouvi-lo, quando o homem acabou de falar, terminada a seca exposição da coisa, que se resumia a gráficos e balanços, beijou-lhe as mãos.

Confirmando a primeira (de que só ela teve conhecimento), Fulano acabava de morrer sua segunda morte, pública e oficialmente certificada, jogando-se do terraço do edifício Kom Om Pax, de trezentos e trinta e três andares justos.

– Na qualidade de herdeira universal do coitado, que não deixou isto pra mim, esquecido do que fiz por ele, a senhora agora decidirá: continuar o negócio do filho da polícia ou transformar tudo em dinheiro pra viver a vida de seu gosto.

– Que que acha?
– O que que a senhora acha?
– Pois acharemos: juntos acharemos.

Por sentir-se repentinamente rica de quantia certa e, pois, irresistível para quem quisesse, antes de mais nada foi a um salão de beleza. Em seguida, tocou-se pras casas de modas das rainhas: rainhas do turfe, do teatro, do cinema, das boates... das coristas.

Chegou à casa exausta, mas (tinha certeza disso) absolutamente "linda".

Na mesa da copa, atulhada de plantas, livros, réguas e compassos, o Inventor tomava notas e rasgava papéis, mais do que absorto, mais do que abstrato: seria o que estava fazendo. Pelas costas, vedou-lhe os olhos com as duas mãos:

– Adivinha: quem é?

Cerimonioso, o velho interrompeu o trabalho, ergueu-se, afastou a cadeira... mas Fulana não permitiu que ele abrisse a boca. Sentou-o carinhosamente e, de pé mesmo, contou-lhe, entre risinhos e piadas concernentes (ou não), como recebera a "loteria da morte", após uma existência de "lágrimas cristalizadas, penitências, frustrações de cama", medo e vergonha.

Forçando o aparte quase proibido, o Inventor valeu-se da trégua do colírio e, enquanto ela destilava gotas nos olhos, falou:

– Meus parabéns. Não há nada neste mundo que se compare à plena liberdade construída pelo nosso ou o esforço alheio. Desde que ela nos permita mandar as criaturas à merda, de dia ou de noite. É o meu e o seu caso. Com os contratos celebrados com a Marinha deste e de outros países, sou livre de corpo e alma. Me sinto tão jovem que já estou arrumando as malas pra me casar e mudar.

— Mas o senhor não gosta da casa?

— Gosto.

— Então?

— Gosto tanto de casa que quero fundar a minha, cansado de morar em quarto de pensão.

— Justamente agora que somos livres em todas as dimensões... não poderíamos ser felizes aqui, sem a constrangedora presença de estranhos? Estou desapontada, creia.

— Acredito, minha senhora. Acredito muitíssimo. Não há crença que perdure nem descrença que não se acabe.

Pediu permissão pra sentar-se de novo, baixou a cabeça e voltou ao que vinha fazendo.

Do que está pra vir

Até o Inquisidor estranhou a cara (por ele mesmo *composta*, imposta mas já esquecida) do tipo que, ao pôr os pés na Delegacia logo mandou a senha ao chefe: "diga que vim fazer a barba e me despedir".

Como lhe tivessem poupado a identificação datiloscópica (outros dedos haviam assinado por ele), lhe ofereceram além do hospitaleiro café, folha corrida, atestado de bons antecedentes e uma carta de recomendação para o Secretário de Segurança de longínquo Estado, no topo do país. A "delicadeza" era visível ordem de isolamento na cidade indicada no mapa da parede e mencionada no papel oficial.

Lá, "caso queira", bastar-lhe-ia atravessar o rio de cataratas e jacarés, divisor da fronteira, para ganhar um dos mundos: o dos mortos ou o dos vivos de outra raça. Também meteram-lhe nas mãos uma passagem aérea de ida e um chumaço de notas de banco. À vista dos documentos, que cautelosamente leu várias vezes, o Boche meneou a cabeça:

– Só temo que a farsa inda não termine com essa suspeita apoteose.

Como se tivesse, antes, pensado a mesma coisa ("o dinheiro pode estar marcado... a carta pode ter sido escrita em código... talvez pretendam me *adoecer* no avião... meus retratos e fichas devem andar por aí nas pastas dos agentes do Serviço"), Fulano embolsou a menos perigosa das identidades e fez uma fogueira do resto, cujas cinzas despachou pela latrina: com poderosas e sucessivas trombas dágua.

Sentindo a proximidade da despedida, que se anunciava patética (credenciado, Fulano deveria partir em vinte e quatro horas), o bom obeso enterneceu-se a ponto de, entupido de soluções, não poder balbuciar o curto "até já" matinal, ao sair para o trabalho.

Desta feita e neste dia, porém, voltou mais cedo do que de costume, acompanhado de carregadores com tabuleiros e engradados de garrafas. Fulano dormia, ou novelava planos de recomeços, estirado no sofá.

Enquanto o Alemão arranjou a mesa com louças e talheres de gala, seu amigo continuou dormindo. Só despertou quando o garçom, que deveria servi-los, apertou a campainha: com tal insistência que ambos tremeram à súbita idéia comum de uma possível visita dos beleguins que agora freqüentavam o restaurante: sabe lá o diabo com que intuito.

Confuso e afoito, o Boche inda tentou empurrar Fulano para o quarto... mas era tarde: o rapaz já estava dentro da sala, portando uma cesta de pétalas amarelas que despejou nas cabeças dos dois.

Explica-se, explicou-se: deixada sem trinco pelos que se foram, a porta cedeu ao menor impulso do joelho ("joelho direito": encareceu) do novo personagem.

Semidesperto e aterrado com o imprevisto do decor, da cena e da fala do espalhafatoso orador, vivando o senhor Brustle e augurando boas-vindas ("infindáveis") ao seu compatriota visitante, Fulano refugiou-se no banheiro.

Felizmente, a compensação pelo susto não tardou. Uma vez que o outro – a que fora apresentado com suposto nome germânico – acabava de perguntar pelo cemitério e número do túmulo em que estaria descansando "o nosso prezado suicida". Isso certificava, pela segunda vez, a perfeição do disfarce: não restando a Fulano mais do que ligeiro enrolado de língua para autenticar o que o Alemão teria adiantado ao seu maître favorito.

O jantar, por obra dos generosos descontratantes ingeridos, transcorreu sereno, entremeado de alusões nem de leve pressentidas pelo servidor que, de estômago vazio, tentando acompanhar os brindes do par, não demorou a cair abombado.

— *Entre caridade e fidelidade, a primeira virtude é a mais fácil.*
— A caridade é sádica.
— *Sempre detestamos quem não depende de nós.*
— Paradoxalmente, só a miséria é solidária.
— *Quem não tem, gosta de dar.*
— Assim, dois que não tenham têm mais do que um que tenha.
— *Não há carne e alma que não sintam a presença da alma e da carne irmãs.*
— Somos carnes e almas irmãs?
— *Somos.*
— Então vamos?
— *Vamos.*
— Sei de grupos de solitários anônimos que habitam Vênus há bilhões de anos-luz, à espera dos que cumpriram o ciclo das encarnações e desencarnações a que foram condenados.
— *Portanto, pra que a.s.a. terrena, se podemos, desde já, nos inscrever na sideral?*
— Muito bem. Mas será que já estamos ao ponto de retorno à alma universal por conta própria?
— *Nossa decisão é o chamamento dos escolhidos.*

O garçom roncava no chão, com pequeno alto-falante transistorizado ao pé do ouvido. O Boche foi buscar o atlas geográfico que pertenceu a seu avô:

– Na verdade, eu aguardava seu convite. Não é comida o que se oferece aos condenados à morte pra que se regalem do melhor, à hora do que os imbecis consideram o pior, convencidos de que são eternos? Está será também a nossa supercolação, final e definitiva. Levaremos daqui o que defecar em outras plagas. Pensando nisso, e esperando por isso, quer dizer, este momento, é que ontem liquidei o negócio, guardando o mínimo para pequenos deslocamentos e depositando o máximo nos bolsos de meus fiéis colaboradores. Seremos uma *s.a.* de dois em alguma parte, pioneira e particular. Vamos escolher o lugar, que o tempo voa e ainda não dispomos de poderes para detê-lo.

Corria o dedo pelos mapas, ora parando aqui, ora ali, silenciosamente. Súbito, uma bateria de milhares de tambores premonitorizava uma edição radiofônica espacial. Aumentado o volume da onda, Alemão e Fulano puderam ouvir que o filho do Cônsul acabava de liquidar-se sem deixar um adeus. Encontraram-no apenas com um sutiã de sangue no peito crivado de balas. Com a afoiteza postiça dos anunciadores, o repórter concluía que o acontecimento sobreviera a uma discussão com o padrasto, de malas prontas para cumprir longínquo e indevassável roteiro. Ao contrário do que afirmavam as revistas de mexericos, não partia por transferência ou promoção do posto. Simplesmente pedira demissão do cargo para dedicar-se a "atividades mais úteis à paz do mundo".

Fulano não se moveu, o que pelo visto agradou ao Boche: que desligou o aparelho sem dizer palavra e recomeçou, agora em voz alta:

– Que tal um ponto solto nos mares de Waddell, de Ross, de Tasman, desses que as cartas registram imprecisamente e que, portanto, teremos de redescobrir?

– Não. Detesto o frio. Nem pólo norte, nem pólo sul. Uma vez que já podemos ir, vamos pro sol, onde não chegam garrafas com recados de navegadores perdidos, nem sinais radiossatélites comunicando o resultado dos jogos de futebol dos astronautas em competição orbital.

Longa pausa de tranqüilos bocejos.
Fulano:
– Quantas horas no seu relógio?
Boche:
– As que quiser.
Fulano:
– Digo *horas policiais*.
Boche:
– Três.
Fulano:
– Assim que o rapaz acordar – se acordar, porque acho que está morto – iremos a uma sessão de cinema.
Boche:
– Mas, de passagem, gostaria de parar numa tipografia para mandar imprimir a antecipada participação do nascimento do que está pra vir.

Ruiva e Trigueira também participaram

Caindo de moda os suicídios, a voga seguinte foram os assaltos aos notívagos, casas atacadistas, instituições de crédito, oficinas, garagens, depósitos de mercadorias, templos, mosteiros de freiras de minissaia, clubes, associações filantrópicas, relojoarias, casas de saúde, tribunais, palacetes e mocambos: etc. e sucessivamente.

Furtavam-se cuecas, autos de processos, medalhas e taças esportivas, sacos de mantimentos, objetos sagrados, eletrodomésticos, arestos inapeláveis, maridos ou mulheres do próspero, estoques de produtos geriátricos... mas tudo, ainda e agora, segundo uma ordem que se diria convencionada entre os que oferecem (toda exibição é uma oferta) e os que procuram (toda procura traduz uma necessidade).

Aparentemente supridos dos bens menores, os ladrões (mais aparelhados do que os representantes da lei) decidiram-se voltar para o bem dos bens, com o que se adquire tudo: da máquina que o fabrica à máquina que o autentica, conta, confere, separa as unidades de valor, empacota e distribui.

Podendo "emitir" dinheiro a granel, de quaisquer nacionalidades e cotações, preferiam buscá-lo nos montes circulantes, de molho nos cofres bancários. Onde sistematicamente deixavam presos os responsáveis pela vigilância do prezado vil, poupando-lhes a morte mas não lhes regateando a humilhação de serem guardados apenas como peças de estimação familiar: imprestáveis e desprezíveis objetos ao ver dos ladrões, sacados, sacadores e depositantes em conta corrente.

Durante as primeiras investigações, que visavam a desmantelar a ubíqua quadrilha, operante em todo o território nacional, a polícia especializada (dada a semelhança dos processos e a rapidez cronometrada dos assaltos) chegou a supor, por insinuação de certa maliciosa imprensa, haver algo de cumplicidade do sindicato dos banqueiros com o sindicato dos arrombadores. A verdade é que os prejudicados se conformavam com os repetidos raptos, e os dispositivos particulares de segurança (que, afinal, acabaram montando) nunca obtiveram, ao menos, o nome de um dos assaltantes. Diante do fracasso da sindicância geral, importaram catedráticos estrangeiros que, divulgando, em entrevistas pagas, a "modernidade" de seus métodos de ação, acabaram por instruir os bisonhos saqueadores sobre as recentíssimas táticas e técnicas empregadas pelos seus colegas intercontinentais.

À rapidez (antes afoiteza) dos primeiros roubos sucedeu tal segurança científica nas operações, que os olheiros dos criminosos, enquanto os comparsas trabalhavam devagar, se davam o luxo de cantar as datilógrafas do estabelecimento-vítima, ousando deixar-lhes cartões perfumados com nome, endereço e telefone, indícios e pistas que as imbecis rasgavam logo, temendo complicações futuras.

Demoraram meses a descobrir que, nas malas-laboratório dos larápios, freqüentemente "esquecidas" nos guichês das caixas, havia dinheiro, e dinheiro limpo, novo, em duplicada importância do arrebanhado. Submetidas a exame tecnográfico, mesmo superficial, as cédulas não diferiam em coisa alguma das adotadas e liberadas pelos órgãos monetários oficiais.

Como explicar a estranha generosidade (arriscada generosidade) dos modernos dimas, que apenas substituíam cédulas novas por velhas, errando no troco a favor do suposto lesado? Explicar-se-ia, por aí, a palpável indiferença dos capitalistas pelos assaltos cada vez maiores? Descobriu-se uma lista de agências de crédito que mantinham encarte três vezes maior que o necessário, ansiosas por uma raspagem cambial completa.

Resumindo: mais alarmado do que os interessados, o governo resolveu intervir no assunto, nomeando comissões interventoras nos Bancos e grupos de trabalho para apurar, no exterior, o "que está havendo entre nós", se as matrizes dos bilhetes eram solenemente inutilizadas após cada emissão.

Cavalheiros em disponibilidade disputaram o turismo pelos dois hemisférios, usando até a própria família (das avós às netas) para a obtenção do "cargo de sacrifício". Foram magriços e voltaram nédios, com "lembranças" na bagagem e desapontamento na alma, pelo constatado aqui e confirmado lá: os bilhetes, levados ao crivo internacional dos entendidos, eram absolutamente legítimos. Só tiveram uma estranheza: o preço unitário do papel impresso custava mais à Fazenda do que seu valor facial. Coisa de gravidade relativa, convenhamos: no caso, o que importava e importa é a responsabilidade do Tesouro pela importância consignada no retângulo, que caras estranhas horrorosamente ilustram.

Num continente descoberto por acaso, é natural que o acaso impere. Então, por acaso, um longínquo descendente de colonialistas cotejou (só para medir) o tamanho de um papel usado com um virgem. Não podendo achar outra coisa, achou engraçado: série igual, estampa igual, número igual, confetes identificadores dispostos em igual simetria. Entusiasmado, desceu da registradora até a mesa de um cliente com pinta de importante. Depois de reexaminar as notas, o homem sentenciou:

– Quem descobre, não podendo tirar patente do descoberto, sempre acaba mal. Lembre-se que o dualismo – quer dizer, a ação combinada de dois princípios opostos e irredutíveis – rege os mistérios da vida (corpo-alma), do amor (macho-fêmea) e da morte (prêmio-castigo).

Ao ouvir tais palavras, que o sotaque tornava mais confusas, o comerciante subiu alguns palmos acima do chão. Não podendo atingi-lo, o freguês trepou na cadeira. Único jeito que teve para, ao sair, oferecer-lhe o identificador cartão de visita com hora marcada para a entrevista da qual, no dia seguinte, Ruiva e Trigueira também participaram.

Fim.

Posfácio

A volta de Rosário Fusco

por Fábio Lucas

Rosário Fusco (1910-1977), autor prolífico de forte personalidade, encontra-se hibernando na consciência literária brasileira, lembrado mais pelas anedotas que correm a seu respeito do que pela obra realizada. Foi múltiplo, irreverente e complexo. Ensaísta, poeta, tradutor, dramaturgo e ficcionista, cujo nome completo é Rosário Fusco de Souza Guerra.

Consideremos o ficcionista. O último romance publicado em vida foi *Dia do juízo* (1961). Em 1939, havia já produzido *O Agressor*, publicado em 1943, kafkaniano, cujos direitos autorais foram uma vez comprados por Orson Welles à Editora Mondadori que, tempos depois, o lançou na década de 1960. O prefácio italiano de *L'Agressore* compara o autor a Kafka e Joyce, embora Rosário Fusco dissesse não os conhecer na época da concepção do romance.

Segundo Ledo Ivo, Rosário Fusco introduziu Franz Kafka na criação literária brasileira quando, na década de 1940, comprou em Buenos Aires traduções espanholas de *A Metamorfose* e *O Processo* (cf. "O agressor Rosário Fusco", Suplemento "Idéias", *Jornal do Brasil*, 18.11.2000). E Antônio Olinto, em prefácio à nova edição de *O Agressor* (2000), admite que Rosário Fusco merece honradamente o título de Kafka brasileiro.

Vejamos *a.s.a. – associação dos solitários anônimos*, sob a égide da série *LêProsa*. O leitor logo se depara com o título irônico, que remete a outra associação, de caráter nacional, referente aos alcoólatras. Depois temos o aspecto cômico e irreverente dos títulos de alguns capítulos. Sem contar que, no pórtico da obra, uma epígrafe avisa a afeição do autor pela doutrina surreal.

O Surrealismo motivou alguns jovens artistas brasileiros na década de 20, nomeadamente Ismael Nery, Murilo Mendes, Mário Pedrosa e Aníbal Machado. Envolveu também o poeta Jorge de Lima, que nos deu um romance cubo-surrealista *O Anjo*, em 1934. Rosário Fusco, que havia produzido um romance kafkaniano, agora reverencia o ponto de vista supra-real. O "por-de-trás", na sua opinião.

Tudo isso prepara o leitor para uma vertiginosa experiência. O linguajar é popularesco, às vezes chega ao vulgar. Mas não se trata de uma narrativa populista, indulgente com o público massificado.

A trama confina as personagens na mais cabal marginalidade, nas pensões e prostíbulos à beira do cais, com toda a horda de cáftens, agiotas, trambiqueiros e uma fauna de pessoas que sobrevivem a poder de expedientes ilícitos. Perpassa o ambiente um clima de crendices e esoterismo, quase sempre utilizados para fins práticos dos agentes. Uma espécie de ajuste de contas da consciência contábil com a consciência ingênua.

a.s.a., portanto, é romance de qualificação superior. Não se deixa reger pela doutrina naturalista, do enredo convencional e previsível. Arma-se numa zona de diferenciação, talvez em contracorrente do que se fazia nas décadas de 1930 e 1940 em nosso país, dividido entre a ficção social e a psicológica.

O humor predomina no andamento narrativo. Mas nem sempre o é de pura pândega ou de efeito circense: torna-se cáustico em duas dimensões, a psicológica e a social, nesta englobados os costumes e as crendices. Videntes, mágicos, médicos e juristas encontram-se no mesmo estuário. Enquanto isso, o narrador não perde ocasião para satirizar as instituições, desde as mais altas (a Diplomacia, por exemplo), até as mais rasteiras, como o proxenetismo e o contrabando.

Os diálogos se apresentam vívidos, rápidos e sintéticos. Denotam a experiência de dramaturgia do autor. O relato está pontilhado de motivos livres, ramificações e comentários saborosos de cunho reflexivo. O leitor poderá observar certa constância no modo de narrar: o jeito enviesado, indireto de conduzir a narrativa ou o aparecimento da personagem, sujeito da ação.

Aí estará, talvez, o ponto de vista supra-real defendido pelo romancista. Veja-se, por exemplo, o capítulo "Sumiu". Muitas vezes, somente depois de algumas linhas é que o leitor pode identificar o agente da ação narrativa.

Há momentos especiais de concentração da sátira. Um exemplo é o capítulo "Ilimitado Amor", em que são tratados os cultos da reencarnação ou o diálogo com os espíritos, ou a visão de ectoplasmas. Em vários momentos, o texto explora o sobrenatural de fachada, expediente baixo dos expertos.

a.s.a. é abundante em metáforas e símiles grotescos, do tipo: "...o mancebo derramou-se no chão feito uma coisa líquida"; ainda: "E mulher insatisfeita é uma viatura sem freio". O coloquial rola fácil: "Sábado, como o senhor viu, é dia em que o movimento não pára". As cenas e descrições eróticas carregam-se de humor: "A ingênua provocação – de que Fulano expressamente não tomava conhecimento – chegou ao máximo quando, sacudindo a coberta, ela pôs completamente à mostra suas graciosas partes e futuroso sólido capital". É hilariante o capítulo "Garantia de Aluguéis Atrasados". Mais divertidas são as frases colhidas aqui e acolá, de sabor legítimo da ficção popular ou de "filosofia" barata: "Pois *desconfiava* de que ela tivesse arranjado um emprego por aí: obra do Louro, talvez, ou de outro, quem sabe?: coração e cona de mulher abrem de improviso para quem menos merece"; ou: "Sempre detestamos quem não depende de nós"; ou mesmo: "Num continente descoberto por acaso, é natural que o acaso impere".

A própria idéia da *associação dos solitários anônimos* peca pela escassez de sócios. Na verdade são dois: Fulano e Beltrano. Este, aliás, perora a dado momento: "Seremos uma legião sem saber quantos somos... Inodora e unida, dispensando a cabala e a semiótica, o sentido e o significado". O teor da sátira alcança os modismos da crítica que se apoiou exclusivamente na Lingüística, ainda hoje difundidos. E misteriosamente a *a.s.a.* é encampada pelo Alemão, o Boche, proprietário de um restaurante: "Seremos uma *s.a.* de dois em alguma parte". Tudo, deste modo, envia ao modelo dual da personalidade humana retratada na ficção de Rosário Fusco. A personagem, no derradeiro capítulo, preleciona: "Lembre-se que o dualismo – quer dizer, ação combinada de dois princípios opostos e irredutíveis – rege os mistérios da vida (corpo-alma), do amor (macho-fêmea) e da morte (prêmio-castigo)".

Temos, também, na prosa de Rosário Fusco freqüentes inversões dos lugares-comuns da sabedoria popular. Ou o simples jogo de palavras, base de paradoxos: "Os médicos nasceram antes da medicina e os aviadores antes dos aviões".

Assim, ousado e divertido, este romance de Rosário Fusco merece o olhar da crítica contemporânea, distanciado do calor de sua presença e do dinamismo de sua personalidade. Temos uma narrativa de veloz andamento, polifacetada, palmilhada de contradições, a explorar um recanto especial do cenário brasileiro: a marginalidade acumulada ao longo do cais. Um poliedro de inspiração supra-real.

Mineiro de São Geraldo, **ROSÁRIO FUSCO** nasceu em 1910, falecendo em Cataguases em 1977. Jovem literariamente precoce, liderou o grupo de escritores da revista *Verde*, bandeira do modernismo mineiro. Carta algo desaforada a Mário de Andrade escrita nessa época ganhou-lhe a simpatia do notável escritor paulista com quem se correspondeu longamente. Formou-se em direito pela Universidade do Brasil (RJ). Sua vida transcorreu na boemia e agitação, exercendo a escrita na poesia, romance, teatro, crítica literária. Obras: *Poemas Cronológicos* (1928), *Fruta do Conde* (poesia, 1929), *Vida Literária* (ensaios, 1940), *Amiel* (ensaio, 1940), *O Agressor* (romance, 1943, reeditado em 2000), *O Livro de João* (romance, 1944), *O Anel de Saturno* (teatro, 1949), *O Viúvo* (teatro, 1949), *Introdução à Experiência Estética* (ensaio, 1952), *Carta à Noiva* (romance, 1954), *Dia do Juízo* (romance, 1961). Deixou vários inéditos, entre os quais o romance *a.s.a.*, agora publicado.

Ateliê Editorial   eraOdito editOra

ESTE LIVRO inaugura, ao lado de *BaléRalé*, de Marcelino Freire (Contos), a série **LêProsa**, que reúne livros inéditos de autores novos e de consagrados, ou livros há tempo fora de catálogo. A série é uma parceria da Ateliê Editorial e da eraOdito editOra.

AGRADECIMENTO ESPECIAL a Aricy Curvello, Cláudio Giordano, Eduardo Foresti, Fábio Lucas e Ricardo Assis.

Livro lançado em São Paulo, no dia 21 de maio de 2003.
E na Bienal do Rio de Janeiro, no dia 24 de maio de 2003.

Formato: 13 x 21 cm
Tipologia: Bulmer MT Regular
Papel da capa: Cartão Supremo 250 g/m^2
Papel do miolo: Pólen Soft 85 g/m^2
Número de páginas: 290
Impressão e Acabamento: Lis Gráfica
Tiragem: 1.000 exemplares